Shakespeare's Sonnets

シェイクスピアのソネット集

吉田秀生 訳

Yoshida Hideo

南雲堂

目次

シェイクスピアのソネット集

このソネット集の
ただ一人の生みの親
W・H氏に
われらの永遠の詩人が
約束した幸せと
永遠の命を
祈り
善意をもって
この出版を企てる者

T・T

一

この上なく美しいものたちの子孫の誕生を願う
美の薔薇の死に絶えることがないように
年老いたものがやがてなくなったとしても
その若い後継者が、面影を持ち続けるように。
しかし、あなたはあなた自身のきらめく目と婚約し
あなた自身を燃料に、あなたの光の炎を燃え立たせ
豊穣のあるべきところに飢餓をひき起こし
あなたを自分の敵にするなんて、美しいあなたに残酷すぎる。
あなたは今では、世界の若々しい飾りであって
華やかな春を告げるたぐいまれな使者でありながら
蕾の自分のうちに、あなたの幸せを埋葬するなんて
若い吝嗇《りんしょく》漢だ、けちけちしながら浪費するなどと。
　世界を哀れと思いなさい、さもなければ大食漢となり
世界に残すべき子を自ら食って、不毛の墓になるがいい。

二

四十回の冬が、あなたの額を包囲し攻撃し
あなたの美の戦場に深い塹壕《ざんごう》を掘るならば
今なら人も見とれる青春の華やかな衣装も
ほとんど価値のないぼろ服としか思えないだろう。
あのあなたの美はどこにあるのか
あの活気に満ちた青春時代の宝物はどこに、ときかれて
あなたの深く落ち窪《くぼ》んだ目の中になどと答えたら
取り返しのつかない恥辱であり、空しい称賛となるだけ。
「この美しいわが子は、私の生涯の総決算であり
私の老いを正当化してくれる人だ」とあなたが答えて
その子の美が親譲りだと証明できれば
あなたの美の投資は、どんなに称賛に値するだろうか。
　それは、あなたが老人になって新しい命を得ること
あなたの冷たくなった血がまた温かくなるのを見ることだ。

三

鏡を覗《のぞ》きこみ、そこに見える顔に言うがいい
今こそその顔が別の新しい顔を作るべき時だ、と
その若々しい顔を今のうちに更新しておかないと
世間を裏切り、母となる人の幸せを奪うことになる。
耕されたことのないお腹を持ちながら
あなたが夫となり耕すのを嫌がる美女がどこにいますか。
子孫を作らず、自己愛の墓となる
そんな愚かな男がどこにいますか。
あなたはあなたの母の鏡であり
母はあなたを見て、青春の美しい四月を思い出す。
だからあなたも老いた目の窓から、そこにたとえ
皺《しわ》があろうと、今のあなたの黄金時代が見えるのです。
　しかし、人から忘れ去られた生涯がお望みなら
一人で死んだらいい、あなたの面影も消え失せます。

四

美の浪費家よ、あなたはなぜ
あなたの美の遺産を自分のためにだけ使うのですか。
自然は遺産を貸すだけで、くれはしません
自然は気前よく、気前のよい人々にだけ貸しつける。
それなら、美の倹約家よ、あなたはなぜ正しく使わないのですか
与えるために与えられた、自然の豊かな贈り物を。
利殖に暗い高利貸よ、あなたはなぜ暮らしていけないのですか
かくも巨額の美を貸しつけているのに。
あなたは自分とだけ取り引きをして
美しいあなたから、みすみすあなたの子孫を奪うからだ。
あなたが天寿をまっとうするときどうするのですか
どんなまっとうな最終決算書が残せるのですか。
　投資しなければあなたの美はあなたとともに埋葬されるだけ
投資すればあなたの美は生きてその子が遺産管理者になれるのに。

五

誰しもが目を奪われるほど美しいあなたの姿を
やさしく丹念に作り上げた「時」は
その同じ美しい姿にいつかは暴君の役割を演じて
抜きんでた美から、その美しさを奪うだろう。
というのも、休むことを知らぬ「時」は夏を誘い
いまわしい冬へ導きそこで夏を破壊し
霜で樹液も止まり、緑の葉もすべて落ち
美は一面、雪に蔽われ、どこもかしこも裸同然。
そのとき、夏の花から抽出した香水を液体の囚人として
ガラス瓶に閉じ込めておかなければ
美の果実も美そのものとともに奪われ
美も美を思い出させるものも消えてなくなるだろう。
　しかし抽出された花のエキスは、かりに冬と出会おうと
見た目が変わるだけ。かぐわしい本質は不変である。

六

だから、冬の節くれだった手があなたの中の夏を
醜くするまえに、あなたのエキスを抽出しなさい。
どこかの瓶を香水で満たしなさい。美が自滅するまえに
どこかに美の宝を蓄えておきなさい。
高利で貸しても借り手が喜んで支払い幸せになるなら
高利を取ることは禁じられてはいない。
それはあなたがもう一人のあなたを生むことだ
一人で十人生めば十倍幸福になれる。
あなたの十人の子が十倍の子を生めば
さらに十倍幸福になれるだろう。
子孫を残して永久にあなたを生かすなら
たとえ死のうと、死に何ができようか。
　いこじになってはいけない、死に征服され
蛆虫《うじむし》らを世継とするには、あなたは美しすぎるから。

七

見てごらん、東の空でまばゆい太陽が
赤々と燃える頭を持ち上げると、下界の人々の目は
新たに現れたその姿に敬意を表して
その聖なる王の威光を仰ぎ見る。
さらに、険しい天の丘を登りつめると
太陽は男盛りの精悍《せいかん》な青年に見える
その美しさを人々の目は常に称え
その黄金の巡礼につき随《したが》う。
しかし、天頂の昼の世界から太陽が疲れた手で
馬車を駆り、衰弱した老人のようにふらつき落ちると
以前は敬意を払った人々も、今では
その低い行路から目を逸《そ》らし、あらぬ方を見る。
　昼の盛りを過ぎても息子がいないとなれば
誰の目にも留まらず死ぬことになるよ。

八

耳に心地よい声の主よ、あなたはなぜ音楽に退屈するのか。
心地よいものは互いに争わず、補い合うものだ。
聴いて楽しくない音楽をなぜ愛するのか
不愉快な音楽を聴いてなぜ楽しいのか。
色んな音が一つになった、心地よい音の調和が
あなたの耳に不快に聞こえるとすれば
美しい声であなたをやさしく叱っているからだ
独身のままで、担うべきパートを果たしていないと。
一本の弦が別の弦に対してやさしい夫の役を演じ
互いに調整して打ち合い和音を響かせるのを聞くがいい。
幸せな父と子と母に似てみなが一つになり
一つの心地よい調べを歌っているではないか。
　多くの人が歌っても一つに聞こえる、歌詞のない歌が
あなたに歌う「独身のままでいると結局ゼロになるよ」と。

九

独り身のままむなしく一生を終えるのは
夫亡き後の妻の目を濡らすのが恐いからですか。
ああ、あなたが子もなく死ぬようなことがあれば
世間は夫を亡くした妻のように悲嘆にくれるでしょう。
世間はあなたの未亡人となり、いつまでも涙を流すでしょう
あなたがあなたの似姿を後に残していない、と言って
どんな未亡人であれ子供の目を覗《のぞ》き見て
夫の姿を思い出せるものなのに。
世の浪費家がどんなにお金を浪費しようと
持ち主が変わるだけで、世間はいつでも楽しめるのだ
しかし、美の浪費は世間に美の消滅をもたらす
美を使わずにいる人も美を壊すことになる。
　そんな恥ずべき自殺行為をする人の胸には
　そもそも他人を愛する心がないのだ。

十

恥知らず、自分の未来の備えもできていないくせに
人を愛する心があるなんて言ってはいけない。
確かにあなたは多くの人から愛されているが
しかし、あなたが誰一人愛していないのも明らかだ。
あまりにもひどい自己嫌悪に取り憑《つ》かれて
ためらうこともなく自己破壊の陰謀を企み
あなたの美しい体をぶち壊そうとするけれど
むしろその修復をこそまっ先に望むべきだ。
あなたが考えを変えるなら、私も見方を変えよう。
憎しみより私のやさしい愛こそが、美しい体に宿るべきではないか。
あなたの外見と同じように、美しくやさしくおなりなさい
少なくとも自分に対してやさしくおなりなさい。
　私のことを愛しているなら、あなたに似た子を作りなさい
美があなたの子孫とあなたのうちに生き続けるように。

十一

あなたは衰えるのと同じくらい速く成長する
あなたが与えた種から生まれた子供の中で。
若い頃にあなたが与えた若い血は
たとえ青春と訣別《けつべつ》しても、あなたのものと言えよう。
子の中に叡智《えいち》と美と繁殖がある
子がなければ、愚劣と老齢と冷たい腐敗があるだけ。
誰もがあなたのような考えだと、人間に未来はない
六十年もすれば、人類は滅びるだろう。
自然が子孫を増やすために作らなかった人々は
異様で醜悪で粗野な人々は不毛のまま滅びるがいい。
すでに豊かに与えられた者よりも多くを自然はあなたに与えた
自然のその豊かな贈り物を、惜《お》しみなく与えて育てなさい。
　自然があなたを自分の印鑑として彫ったのは
あなたの複製を増やし、原版を保存するためだ。

十二

時を告げる時計の音を数えながら
華やかな昼が醜い夜に沈むのを見るにつけ
菫《すみれ》の花が盛りを過ぎ
漆黒の巻き毛が一面、銀色に変わるのを見るにつけ
ついこの間、羊の群れを暑さから守っていた
高い木々の葉が枯れ落ちるのを見るにつけ
さらにまた夏の緑の麦がすべてきつく束ねられ
ごわごわした白い顎鬚《あごひげ》をつけ、柩車で運ばれるのを見るにつけ
あなたの美しさが危ぶまれる
やがてはあなたも「時」の廃虚をさ迷うことになる
心地よく美しいものはみな姿を変え
他の美が成長するのと同じくらい速く朽《く》ちてゆくのだから
「時」があなたをこの世から連れ出すとき
「時」の大鎌から身を守り歯向えるのは子孫だけだ。

十三

君は変わらぬ君でいてほしい。だが愛する人よ
君の命が尽きるときには、君は君ではなくなる。
このいつかは訪れる最期に備えて
君の美しい似姿を誰かに与えるべきだ。
そうすれば君が借用しているその美の
期限が切れることもないだろう。
君の肉体の死後も、真の君自身でいられるだろう
君の美しい子孫が君の美しい姿を引き継ぐならば。
誰がこれほど美しい家を荒廃させるだろうか
冬の日の激しい嵐からも
不毛で残酷な死の永遠の冷たさからも
夫としての管理がその家を立派に守ってくれるというのに。
　荒廃させるのは浪費家だけだ。愛する人よ
君にも父がいたでしょう、息子にもそう言わせなさい。

十四

私は星から予言をむしり取ったりはしないが
私には予知能力があると思う
とはいえ、運、不運を予言するのではない
疫病、飢饉《ききん》、四季の特徴を予言するのでもない。
さらにはまた、分刻みで運を占って
何時何分に雷や雨や風が起きるとまでは言えない
また空に度々見られる前兆によって
王侯の未来の幸、不幸を予言することもできない。
ただ、あなたの目から私は知りうるだけだ
あなたの目をあなた自身から子孫の繁殖に向けるなら
変わることのない目という二つの星に私は
真実と美が必ずやともに栄えるという教えを読み取る。
　さもなければ、私はあなたの未来をこう予言する
あなたの最期は真実と美が滅びる終焉《しゅうえん》の時である、と。

十五

成長するすべてのものが完璧な形を維持するのは
ほんの一瞬のことであり、この巨大な舞台は
人に密かに影響を及ぼす星らが論評を加える
そんな芝居を上演しているにすぎない。
また、人間の成長は植物と同じで
空模様に促されたり抑えられたりして
若々しい活力を誇り、頂点に達すると衰え始め
年を取ればその華やかな姿も忘れ去られる。
そんな移ろいやすい世の無常を思うと
私の目に若さに満ち溢れた君の姿が浮かぶ
見る間に、破壊し尽くす「時」が「腐敗」と共謀して
君の青春の昼を色褪《あ》せた夜に変えようとする。
　君を愛するがゆえに、「時」と徹底して戦い
「時」が君の若さを奪う度に、新しい命を接木しよう。

十六

しかし君はなぜもっと力強い方法で
この「時」という血に飢《う》えた暴君と戦おうとしないのか
私の不毛な詩よりももっと幸福な手段を使って
君の衰えゆく身を守ろうとしないのか。
今、君は幸せな時の頂きに立っている
そして多くの処女の園はまだ種も蒔《ま》かれず
純真な思いから君の命を受け継ぐ花を生みたいと思っている
君の肖像画よりもはるかに君に似た花を。
子孫が君の命を若々しく保ってくれるだろう
この時代の画家の絵筆も私の未熟なペンも
君の内なる価値や外なる美を
人々の目から見て生き生きと描けはしない。
君の体を投げ出せば、君自身を永久に保つことができる
君は優れた技を使っておのれを描き、生きてゆくべきだ。

十七

私の詩が君の最高の美点に満ち溢れていようと
そんな詩を将来誰が信じるだろうか。
私の未熟な詩は本当のところ君の生きた姿を
隠す墓にすぎず、その美点の半分も表わせていない。
君の美しい目を言葉で表現できようと
新しい韻律で君の魅力をすべて数え上げようと
後の世代は言うだろう「この詩人は嘘つきだ
人間の顔をこれほど神々しく描くなんて」と。
こうして私の原稿は時を経て黄ばんでしまい
お喋りな割に真実味の乏しい老人みたいに軽蔑されよう
そして君にふさわしい賛辞は詩人の妄言《もうげん》と呼ばれ
無理に誇張した古めかしい歌と呼ばれよう。
　しかし、その時代に君の子が生きていたら
君はその子と私の詩の中で二度生きられるだろう。

十八

あなたを夏の一日に譬《たと》えようか。
あなたはより美しく、より穏やかだ。
強風が五月の愛らしい蕾《つぼみ》をふるい落とし
夏の季節はあまりにも短すぎる。
時には天の目があまりにも熱く輝き
その金色の顔はしばしば雲に蔽われる。
美しいものはみないつかはその美を失う
偶然や自然の衰退が美の衣装を剝《は》ぎ取る。
しかし、あなたの永遠の夏が色褪《あ》せることはない
あなたの今の美しさを失うおそれもない
あなたは死の闇をさ迷う、と死が豪語することもない
永遠の詩に歌われ、あなたは永遠と一体になるのだから。
　人が呼吸しているかぎり、目が見えるかぎり
この詩は生きてあなたに永遠の命を与える。

十九

すべてを貪《むさぼ》り食う「時」よ、ライオンの爪を鈍らせよ
大地におのが美しい子孫を貪り食わせろ。
猛り狂う虎の顎《あご》からその鋭い牙を抜き取れ
長命な不死鳥は生きながら焼け。
足早の「時」よ、駆け去りながら、
季節を楽しくも悲しくもするがいい、この広い世界と
その色褪せてゆく美しいものたちに好きなことをするがいい。
ただし、極悪非道の罪を犯してはいけない
私の愛する人の美しい額に時を彫りつけてはいけない
おまえの古びたペンでそこに線を描いてもいけない。
後世の人々にとって美の模範となる
この人を「時」の素早い経過で汚してはならぬ。
　しかし、年老いた「時」よ、悪事を犯してもいい、
いかに悪事を働こうと、恋人は私の詩の中でとわに若い。

二十

私の情熱を支配する男の恋人よ、あなたの顔は
自然が手ずから描いた女の顔だ。
あなたの心は女のやさしい心だが
不実な女たちの性《さが》である気紛れは知らない。
目は女たちの目より輝き、不実な流し目はくれず
その目が見つめるものを黄金色に染める。
すべての人を虜《とりこ》にする美貌の男だ
男たちの目を引き、女たちの心を惑わす。
あなたははじめ女として創られたが
やがてあなたを創った自然があなたに恋をして
何かを加えてあなたを私から奪ってしまった
私にはなんの役にも立たぬ一物を加えて。
　しかし、自然は女たちを喜ばすためにあなたを選んだからには
私にはあなたの愛を、愛のいとなみは女たちの宝に。

二十一

厚化粧の美人につき動かされて
詩を書く詩人と私の立場は別だ
かれは天空それ自体を装飾として利用し
かれの恋人をあらゆる美に引き比べ
その恋人を傲慢にも譬える
太陽や月に、大地や海の貴重な宝石に
四月に最初に咲いた花や、大宇宙が
その巨大な球体に閉じこめたすべての美しいものに。
愛に正直な私には、ただ正直に書かせてくれ
だから信じてほしい、私の愛する人は
どの母の子にも劣らず美しいと
大空に固定された黄金の蠟燭《ろうそく》ほど輝いてはいないけれど。
当てにならぬ噂を好むものには大袈裟《おおげさ》に語らしめよ
あなたを売る気はないから、褒《ほ》め過ぎたりもしない。

二十二

青春とあなたが同い年であるかぎり
私の鏡に私が老人だとは言わせない
しかし、あなたの体に「時」の刻む溝《みぞ》が見えたときこそ
死が私の生涯を安らかに終わらせる頃合いだと思う。
というのも、あなたが纏《まと》うすべての美は
私の心を飾る美しい衣装にほかならないからだ
私の心はあなたの胸に、あなたの心は私の胸に生きている。
ならば、どうして私があなたより先に年を取りえようか。
おお、だから愛する人よ、自分を大事になさい
自分のためではなくあなたのために私も用心しよう
私の中にあるあなたの心を大切に守ろう
やさしい乳母が病気から赤ん坊を守るように。
　私の心を殺してあなたの心を取り戻そうと思ってはいけない
私にくれたのは返してもらうためではなかったはずだから。

二十三

あがってしまい役を忘れ台詞《せりふ》を忘れる
舞台の上の未熟な役者のように
また、怒りに興奮しすぎると
勢いあまってうまく表現できない熱心な役者のように
私も自信がないあまり
愛の儀式を完璧に演技するのを忘れ
私の愛の力の重荷に押し潰《つぶ》されて
私の愛の力が弱まる気がする。
そうであれば、私の表情が私の溢れる胸中を雄弁に語り
無言のうちに表現するものであってほしい
私の表情は、より多くを表現する私の舌よりも
愛のために弁じて、愛の報いを期待するだろう。
　おお、無言の愛が書き記したものを読み取っておくれ
目で聞くことは愛の鋭い叡智《えいち》のひとつなのだから。

二十四

私の目は画家を演じ、私の心という画布に
美しいあなたの姿を描いた。
私の体はその絵を入れる額縁だ
正しい角度から見ると、それは最良の画家の作品だ
君の真の姿がどこに描かれているかを見つけるには
画家の目を通してその技術を知らなければならない
その絵は私の胸の画廊にいつも掛かっていて
その窓にはあなたの目というガラスが嵌《は》めこまれている。
目と目がいかに助け合っていることか。
私の目があなたの姿を描き、あなたの目は私のために
私の胸を覗《のぞ》く窓となり、太陽がその窓から
嬉しそうに覗きこみ、私の目に映るあなたの姿を見つめている。
　しかし目には、見たものを引き立て完成する技術がない
目は見えるものをただ描くだけで、心までは見えない。

二十五

幸運の星に愛されている人々は
公の名誉や高い地位を自慢するがいい
そんな誉《ほま》れから運悪く見離された私は、しかし
私のもっとも大切なものを思いがけず楽しんでいる。
王侯の寵愛《ちょうあい》を得て、美しい花びらを広げる人々は
太陽の光を浴びたときだけ花開くキンセンカにすぎない
かれらの華やかな姿も光を奪われると消えゆくしかない
王侯から睨《にら》まれると、栄誉のさなかでも滅びるのだから。
苦労を重ねた末に戦に秀《ひい》でる戦士も
多くの戦に勝利したあと、一度でも敗れると
名誉の記録簿から完全に抹消され
かれが苦心して勝ち得たほかの勲功もすべて忘れ去られる。
　それにひきかえ、愛し愛されている私は幸せだ
裏切ることも、裏切られることもないのだから。

二十六

わが愛の主君よ、あなたの人徳が
臣下である私に強い忠誠心を抱かせた
そんなあなたに、私はこの書面の言づてを送る
私の文才ではなく、忠誠心の証拠として。
私のかくも貧弱な知力では、かくも大きな忠誠心を
表わす言葉がなくて、裸同然に見えるかもしれないが
あなたの好意に甘えて、私の忠誠心を
裸のまま、あなたの心の奥の奥に住まわせてほしい。
私の生涯を導く星が、やがて
私を照らして、好ましい影響を及ぼし
私のみすぼらしい愛に、美しい衣装を着せて
あなたの注目に値する私に変えてくれよう。
　そのときには、いかにあなたを愛しているか自慢もできよう
それまでは姿を隠していよう、あなたに試されないように。

二十七

歩き疲れて私は寝床へと急ぐ
旅に疲れた手足をやさしく休ませる所へ
しかしそうすると、想像の旅が始まり
体の働きが終わると頭が働きだす。
というのもそうすると、私の思いは今いる所から遠く
あなたのもとへひたむきな巡礼の旅に出る
私の思いは、重く垂《た》れる瞼《まぶた》を大きく開かせ
目の見えない人に見える暗闇を見つめる。
しかし、私の心の想像の目が
私の見えない目にあなたの姿をくっきりと見せる。
恐ろしい夜に垂れ下がる宝石のように、その姿は
黒い夜を美しくし、夜の老いた顔を若々しく変える。
　ほら、こうして昼は私の手足が私のせいで
　夜は私の頭があなたのせいで、安らぐことがない。

二十八

こうして休息の恩恵を奪われた私が
どうして健やかな状態で旅から戻れようか。
昼の苦労が夜に癒《いや》されることもなく
昼は夜に、夜は昼に苦しめられる。
互いに敵として支配権を争いながら
合意の上で手を握り、私を苦しめる
昼は苦労により、夜は私を嘆かせて
旅を続ければ、ますますあなたから遠ざかるだけ、と。
私は昼に言って喜ばせる、あの人は昼のように明るいから
雲が空を暗くしても、昼を美しく輝かす、と
だから、私は黒い肌の夜に言って喜ばせる
きらめく星が隠れても、あの人が夜空を黄金に染める、と。
　しかし、昼は日毎に、私の悲しみを引き伸ばし
　夜は夜毎に、長引く悲しみをさらに深くする。

二十九

運命の女神や世間の目からすげなくされて
私はたった一人でうち捨てられたこの身を嘆き悲しむ
空しく叫び訴えるが、天は耳をかそうともしない
わが身を省みてはおのが運命を呪う
未来にもっと期待の持てる人の如く
容貌もこの人の如く、かの人の如く友人にも恵まれ
学問もこの人のようで、才覚もあの人のようでありたい
私がもっとも得意とすることに少しも満足していない。
こう考えると、自分を軽蔑しそうになるが
幸いあなたのことを思うと、私の心は
暁に薄暗い大地から舞い上がる雲雀《ひばり》のように
天国の入り口で賛歌を口ずさむ。
　あなたの美しい愛を思い返すと、私は幸せで一杯になるので
王様とも私の身の上を取り替えたくはない。

三十

楽しく静かな物思いの法廷に
過ぎ去った思い出を召喚すると
私の求めたものの多くが今はないのが悲しい
過去の悲しみをふり返り、私の大切な日々の消滅をまた嘆く。
また終わりのない死の夜に隠れた親友を偲《しの》んで
涙に馴れない私の目も泣くことができる
はるか昔に帳消しにした愛の悲しみを想い起こしてはまた涙し
消えてしまった多くの面影の損失を嘆く。
また私は過去の悲しみの数々を悲しむこともできる
悲しみから悲しみへと心も重く
すでに嘆いた嘆きの数を悲しげに数え上げ
まだ払っていないかのように二度払いする。
しかしそんなとき、愛する友よ、あなたを思えば
失ったものはすべて償《つぐな》われ、悲しみも終わりを告げる。

三十一

姿を見ないので死んだとばかり思いこんでいた人々の
心を得て、あなたの心は価値を高めている
その心を支配するのは、愛と愛を生み出す愛の資質のすべてと
埋葬されたと私が思ったすべての友人たちである。
いかに多くの聖なる、死者を悼《いた》む涙を
真剣で敬虔《けいけん》な愛が私の目から盗み出したことか
涙は死者の権利だが、いないと思った死者は
あなたの中に隠れていたにすぎない。
あなたは埋葬された愛が生き永らえる墓だ
そこには私の今は亡《な》き友人たちの記念品が飾られ
かれらは私の与えたものをあなたに与えた
多くの友人たちの取り分は今や、あなただけのものだ。
　私が愛したかれらの姿があなたのうちに見える
かれらのすべてであるあなたは、私のすべてを独占している。

三十二

粗野で卑しい死が、私の骨に土をかぶせる
そんな私の年貢《ねんぐ》の納め時より、あなたが生き永らえて
あなたの亡き友の、この拙《つたな》いお粗末な詩を
たまたま運よく再度、読み返すことがあれば
この時代のすぐれた詩と読み比べて下さい
他のすべての詩人より劣るものであろうと
詩の出来栄えではなく、私への愛のために保存して下さい
私より才能のある詩人たちにはかなわないのだから。
ああそのときには、こんなやさしい言葉をかけて下さい
「私の友人の詩心が、この成長する時代とともに成長していたなら
かれの愛は、これよりもっと素晴らしい詩を生み出し
より優れた詩人の仲間入りを果たしただろうに。
しかしかれは亡くなり、他の詩人たちはより立派になっているのだから
かれらの詩はその文体ゆえに、かれの詩は私への愛ゆえに読もう。」

三十三

幾度も目にした、輝く朝の光が
王者の目で山頂を愛撫するのを
黄金の顔で緑の牧場に口づけするのを
天上の錬金術で青白い流れを黄金に変えるのを
しかしまもなく、黒々とした雲が現れ
醜い浮雲となり、朝日の神々しい顔に乗るのを許し
この見捨てられたわびしい世界からその顔を隠し
こんな恥辱を受け姿を隠し、こっそり西へ向かうのも目にした。
まさに同様、わが太陽であるあなたもある朝早く
まばゆい光輝を放ち、私の額を照らしたが
ああ、しかし、私のものだったのはほんのひと時
あの上空の浮雲がわが太陽を私から覆《おお》い隠してしまった。
　しかしだからと言って、私の愛は少しもかれを蔑《さげす》みはしない
地上の太陽たちも翳《かげ》ることがある、天上の太陽が翳るのであれば。

三十四

なぜあなたは晴れやかな一日を約束して
外套《がいとう》も着せずに私を旅立たせたのか
途中で低く垂れこめた雲が私に追いつき
あなたの輝く姿をその汚らしい靄《もや》の中に隠したではないか。
あなたが雲間から顔を覗かせて、嵐に襲われた
私の顔の雨を乾かすだけでは足りない
傷は治しても、醜い傷跡までは治せない
そんな膏薬《こうやく》を人は褒《ほ》めないものだから。
あなたが悔いても、私の痛みは癒《いや》せない。
あなたが後悔しても、私の失ったものは戻らない。
人を傷つけたものがたとえ後悔しても
ひどく傷つき苦悩の十字架を背負う者の救いにはならない。
ああ、しかし、あなたの愛が流す涙は真珠だ
高価なものであり、あらゆる罪を贖《あがな》ってくれる。

三十五

あなたのやったことはもう後悔しなくてもいい。
薔薇には棘《とげ》があり、銀色の泉にも泥がある
雲や食は月や太陽をくもらせる
かぐわしい蕾《つぼみ》にもいまわしい毛虫が棲《す》みついている。
人はみな罪を犯す、私もこうして
比喩を使って、あなたの罪を正当化し
あなたの罪を大目に見て私自身を貶《おとし》め
必要以上にあなたの罪を許すことで、罪を犯している。
あなたの官能の罪の弁護に、私は理性を持ちこみ
あなたの敵である私があなたの弁護人となって
私は私自身を相手取って訴訟を開始する。
私の愛と憎しみがそんな内戦状態にあるから
　私から残酷にも奪い取る美しい盗人の
共犯者に私もならざるをえない。

三十六

二人の分かち難い愛は一つであるとしても
二人はやはり二人であると認めよう。
だから、私につき纏《まと》うあの恥辱は
あなたの助けをあてにせず一人で耐えるしかない。
われわれの二つの愛には一つの思いしかない
だが、二人の人生には二人を引き離す悪意に満ちた状況がある
それでも、二人の愛が一つであることに変わりはないが
その状況は愛の喜びから楽しい時間を奪う。
私は人前で二度とあなたを知人とは認めないだろう
私の嘆かわしい罪があなたに恥をかかせるといけないから
あなたも私に人前で親切にしないでほしい
私のせいであなたの家名を汚すといけないから。
　親切にしてはいけない、あなたを深く愛しているから
あなたもあなたの名声も私のものにしたいのだ。

三十七

老いぼれの父親が活発なわが子の
若々しい行為を見て喜ぶように
運命の女神の苛酷な悪意のせいで足元も覚束《おぼつか》ない
そんな私はあなたの真価にのみ慰められている。
美貌か家柄か財産か知恵か
そのどれか、そのすべてであるいはそれを超えるものであれ
そのいずれがあなたの美徳の玉座に君臨していようと
その豊かな美徳の宝庫に接木して私の愛は活力を得ている。
だから私は足が不自由でも貧乏でもなく、軽蔑されることもない
あなたの影が私に実体を与えてくれているから
私はあなたの豊かさに満たされ
あなたの栄光に支えられて生きている。
　なんであれあなたのために、最高の幸せを望み
そのことを望むだけで、私は十倍も幸せだ。

三十八

私のミューズに主題がないなどありえようか
あなたに命のある限り、あなたという格好《かっこう》の主題を
私の詩に注ぎこんでくれるというのに
並の詩人には書けないような素晴らしい主題を。
私の書いたもので読むに値するものが
目に留まったとしたら、それはあなたのおかげだ
あなた自身が詩の創造に光を当ててくれるのに
あなたあての詩が書けないほど寡黙《かもく》でいられようか。
昔から並の詩人らが呼び出す九名のミューズよりも
十倍価値のある、十番目のミューズになりなさい
あなたを呼び出す詩人に
永遠に残る、永遠の詩が生み出せるように。
　私のやせたミューズが、口うるさい人たちを喜ばせるとしたら
生みの苦しみは私のもの、称賛はあなたのものだ。

三十九

あなたのすべてが私のすぐれた半身だとしたら
あなたの価値を称えると礼儀に反しないだろうか。
私が私を褒《ほ》めて私自身に何の得があろうか。
私があなたを褒めても、私を褒めることにしかならない。
そういうことだから、二人は別々に暮らしたほうがいい
二人の深い愛が仮にも一心同体と言われないためにも
こうして別々に暮らすことで
あなた一人が受けるべき称賛をあなたに捧《ささ》げることができる。
あなたがいなくても私は一向《いっこう》に辛《つら》くはない
あなたのいない辛いときがあればこそ
愛に思いを巡らせ楽しく過ごせるのだし
いないからこそあなたを思い時を楽しく紛《まぎ》らせるからだ
　さらに、不在はここにいないあなたをこの詩で褒めて
一人を二人に見せる術《すべ》を教えてくれるからだ。

四十

愛する人よ、私の愛するものらを奪うがいい、ことごとく
それであなたは以前よりも多くを手に入れたと言えるか。
愛する人よ、そんな愛は真の愛とはとても言えない。
私の愛人を奪う前は、私の愛はすべてあなたのものだった。
あなたが私への愛から私の愛人を受け入れるなら
私の女を楽しんだからといって、あなたを責めたりはしない。
しかし、あなたが尻込みするような女を本能の赴《おもむ》くままに堪能して
私を裏切ったのなら、あなたは責められて当然だ。
たとえあなたが私のもつわずかなすべてを盗もうと
やさしい盗人よ、私はあなたの盗みを許そう。
それでも、憎しみが与える心の痛みよりも、愛の裏切りに耐えるほうが
愛するものにとって痛みはより大きいと思う。
　悪がことごとく善に見える美しい色好みよ
私の心を傷つけ殺そうと、二人は敵であってはならない。

四十一

私が時にあなたの心を留守にしているさいに
放蕩《ほうとう》が犯すかわいらしい過ちは
若くて美しいあなたに実にお似合いだ
どこであれ誘惑があなたについて回るからだ。
あなたはやさしいからものにされる。
あなたは美しいから誘惑される。
女のほうから言い寄られて、思いも遂《と》げずに
つれなく引き下がる女から生まれた男がどこにいる。
ああそれでもあなたは私の寝床を横取りしてはいけない
あなたの美と、道を踏み外す若さをたしなめるがいい
さもないとあなたは放蕩に身を任せて
挙げ句、二重の誓約を破るはめになる。
　あなたの美にかどわかされた女の私への誓約と
私を裏切った美しいあなたの私への誓約を。

四十二

あなたが私の愛人をものにしたことが悲しいのではない
それでも私があの女を深く愛していたとは言えよう。
女があなたをものにしていることが私の最大の悲しみだ
あなたの愛を失うほうが私をより深く傷つける。
愛の罪びとたちよ、次のように君たちを弁解しよう
あなたが女を愛するのは、私の女への愛を知っているからで
同じく私のあなたへの愛を知っているから、女は私を裏切ることになり
私の友人が私に代わって女を味見するのを許すのだ、と。
私があなたを失えば、私の損失は私の愛人の利益となり
私が愛人を失えば、友人がその損失を埋め合わせる。
二人は互いを得て、私は二人を失う
二人は私のことを思って、この十字架を私に背負わせる。
だが嬉しいことに、友人と私はひとつだ。
心地よい欺瞞《ぎまん》だ、かの女が愛しているのは私だけだとは。

四十三

目を硬く閉じていると、私の目はもっともよく見える
昼の間は目はいいかげんにものを見ているからだ。
しかし、眠ると目はあなたを夢に見る
目は暗闇に光り、暗闇の中をその光に導かれる。
すると、あなたの面影が夜の闇を明るく照らし出す
昼よりもはるかに明るい光を放ちながら、明るい昼日中に
あなたの面影の実体はどんなに嬉しい姿を見せるだろうか
あなたの面影が見えない目にあんなに輝くことを思うと。
死んだような夜に、あなたの美しい幻の影が
熟睡している見えない目にも見えるとしたら
生き生きとした昼にあなたを見たら
繰り返しになるが、私の目はどんなに祝福されることだろうか。
　あなたに会えぬうちは、昼は私の目にはすべて夜だが
　夢にあなたが現れると、夜は輝く昼になる。

四十四

私の重い肉体が「思い」のように素早かったら
どんなに辛い距離でも苦もなく行けるだろう
遠く離れていようと、さい果ての地からであれ
あなたのもとへ私は運ばれて行くだろう。
私の足があなたからもっとも離れた
世界の果てに立っていようとなんの問題もない
行きたいと思う場所を思ったとたん
軽快な「思い」は海でも陸でも飛び越えて行けるのだから。
ああ、しかしあなたが遠くにいて、私が
何マイルも飛んで行ける「思い」ではないと思うと悲しい
私はほとんど土と水だけでできているので
嘆きつつ時が過ぎゆくのを待つほかはない。
　これほどのろく重い二元素から受け取れるのは
土と水の悲しみを表わす重く悲しい涙だけだ。

四十五

他の二つの元素、実体のない空気と浄化する火は
どこに私がいようと、いずれもあなたのもとにいる。
空気は私の「思い」であり、火は私の欲望だ
この両者は苦もなく素早く二人の間を移動する。
愛のやさしい使者となってあなたのもとへ
空気と火という身軽な元素が出かけてしまうと
四つの元素からなる私の命は土と水だけになって
憂鬱《ゆううつ》な思いに押し潰《つぶ》され死へと沈みゆく
やがて素早い使者があなたのもとから戻ると
私の命を構成する元素は元に戻る
使者はあなたの健康を確認して
戻るとすぐにそれを私に報告した。
　これを聞くと嬉しいが嬉しさも束の間
私はまた使者を送り返し、すぐにまた憂鬱になる。

四十六

私の目と心は命懸《が》けで戦っている
あなたの姿という戦利品をどう分けるかで。
目は心にあなたの肖像を見るのを禁じたい
心は目にその権利の自由な行使を認めたくない。
私の心はあなたが自分の中にあると申し立てる
人の透《す》き通った目でも心の密室は見抜けないと
しかし、被告である目はその申し立てを否定し
あなたの美しい容貌は目の中にこそあると言う。
この所有権を決定するために陪審が設置され
心の借家人である思いが陪審員となり
かれらの評決により、澄《す》んだ目の取り分と
優しい心の持ち分が次のように決まった
　つまり、私の目の取り分はあなたの外面の部分
　私の心の持ち分はあなたの心の内面の愛。

四十七

私の目と心の間に協定が締結され
今では互いに助け合っている。
私の目があなたの視線に飢《う》えていると
また、私の恋する心が溜息で窒息しそうになると
私の目は愛する人の肖像画の饗宴を楽しみ
私の心をその絵の饗宴に招待する。
またあるときは、目が心の客になり
心が抱く愛の思いを分かち合う。
だから、あなたの肖像画か私の愛があれば
あなた自身がいなくてもあなたはいつも私の傍《そば》にいる
あなたはもう私の思いから離れられない
私はいつも私の思いと、思いはいつもあなたといるからだ。
　私の思いが眠っても、あなたの肖像画を見て
私の心は目覚め、目も心もともに喜びに浸る。

四十八

旅に出るとき私はとても用心深かった
取るに足りないものでも厳重に鍵をかけて
次に使うときのために、信頼できる場所に押しこみ
盗人の手に汚されないようしっかり守っていた。
しかし、あなたに比べると、私の宝石など取るに足りない
私の最高の慰めだったあなたが、今は最大の心配の種
もっとも深く愛するあなたが、唯一の気がかり
そんなあなたは卑しい盗人の餌食《えじき》にされている。
あなたを私は宝石箱に入れ鍵をかけておかなかった
私の胸の緩《ゆる》やかな囲い地の中に
あなたがいると思ったのにあなたはいない
そこからあなたはいつでも好きなときに出入りできるのだ。
　その胸からでさえあなたが盗まれはしないか心配だ
正直な人でも高価な獲物《えもの》だとつい盗みたくもなるからだ。

四十九

あなたの愛が互いの事情を慎重に考慮した
総決算を求められ、最終の精算を終えてみると
私に欠損が見つかり顔をしかめるような
そんな時に備えて（そんな時が仮にくるとして）
あなたがそ知らぬ顔をして通りかかり
太陽のようなあなたの目で私に会釈しなくなるような
また、愛がかつての愛から一変して
堅苦しくよそよそしい態度を取る理由を見出すような
そんな時に備えて、私は今ここで
私自身の価値を十分わきまえた上で自分を守り
あなたの主張の正しさを弁護するために
右手を上げてあえて自分に不利な証言をする。
　あなたには哀れな私のもとを去る法的裏づけがある
あなたに愛される理由が私には提示できないから。

五十

私はなんと心も足取りも重い旅を続けていることか
私の求める、疲れた旅の終わりに訪れる
くつろいだ休息の時がこう言うのだから
「おまえの友人から遠く何マイルも旅してきた」と。
私を運ぶ馬は、私の悲しみに疲れ果て
とぼとぼ進み、私の重い悲しみを運んで行く
急げばあなたから離れてゆくのを乗り手は嫌う
哀れな馬がそれを本能的に知っているかのように。
時には腹立ち紛れに馬の皮膚を引き裂くぐらいに
血に染まった拍車をかけても馬はのっそり進むだけ
呻《うめ》きながら悲しげに応えるだけ
脇腹に食いこむ拍車よりも私には痛々しい。
　その呻き声を聞いてこう思うから
私の悲しみは前方にあり、喜びは後方にあると。

五十一

私があなたのもとから急ぎ離れてゆくとき
私の愛はのろい馬ののろさの罪をこう弁護できる
あなたのいる所からなぜ急ぎ離れる必要があろうか
帰るまでは急ぐ必要などないではないか、と。
帰り道、ものすごい速さもおそいとしか思えぬとき
私の哀れな馬はどんな言い訳を思いつくだろうか。
そんな時は、風に乗っていても私は拍車をかけるだろう
翼を得て飛んでいても動きは感じないだろう。
そんな時は、どんな馬も私の願望にはついていけない。
だから完璧な愛からなるこの願望は
のろい馬とは違い、火のように早駆けていななくだろう
だが、馬への愛があなたへの愛に免じてこう私の駄馬を許してくれよう。
　あなたのもとを離れるとき、馬はわざとのっそり歩いてくれたから
あなたのもとへ帰るときは私が走り、馬は歩かせてあげよう、と。

五十二

施錠された大切な宝の庫が開けられる
そんな幸せをもたらす鍵を持つお金持ちに私は似ている
たまに見る喜びの鋭い矛先《ほこ》が鈍るのを恐れて
あまり開けて見ないようにしている。
同様に、祝日はなおさら厳《おごそ》かで格別である
長い一年のうちにたまにしかなく
貴い宝石のように、首飾りの
大きな宝石のように、まばらに置かれているから。
君を大切に秘蔵している時も、私の宝石箱か
衣装を閉まっておく衣装部屋に似ている
時が閉じこめていた美しい衣装をまた取り出して
特別な瞬間を、とりわけ祝福してくれる。
　君がいると君を誇り、いないと再会を望む
それほどに価値ある君は幸せなお人だ。

五十三

数百万の異なる影が君につき従っている
そんな君を構成する君の実体とは何か。
すべての存在にはそれぞれただ一つの影しかないのに
君は一人でありながらあらゆる影を放っている。
アドーニスを描けば、その肖像は
君に似せた下手くそな模倣でしかない。
美の技の限りを尽くしてヘレンの顔を描けば
ギリシャの衣装を身につけた君の新たな再現にすぎない。
一年の春と豊穣の秋について語れば
春は君の美の影を映すだけ
秋は君の気前のよさとなって現れるだけ
あらゆる美しいもののうちに君は認められる。
　君はあらゆる外面の美を持ち合わせているけれど
誠実な心にかけては、ただ一人群を抜いている。

五十四

誠実さという美しい飾りが加われば
美はよりいっそう美しく見えようものを。
薔薇は美しいが、その内に
かぐわしい香りが生きてあればもっと美しいと思う。
野バラの花も、香り豊かな薔薇と
同じ深い色合いを持ち
同じ棘《とげ》ある枝につき、艶《つや》やかに風と戯れる
夏の息吹が、美を秘めた蕾をおし開けば。
しかし、野バラの値打ちは外見にあるだけ
だから、言い寄られることも注目されることもなく色褪せ
ひとり寂しく死んでゆく。美しく薫《かお》る薔薇はそうではない。
かぐわしい香水は、薔薇のかぐわしい亡骸《なきがら》から作られる。
　美しく愛らしい青年よ、君だって同じこと
美が他界しても、君の誠実さは詩が蒸留してくれる。

五十五

大理石の墓も王侯らの金ぴかの記念碑も
この力強い詩を越えて生きることはない
だらしない時に汚れ、埃《ほこり》にまみれた墓石よりも
この詩の中でこそ君はことのほか輝くだろう。
ものみなを廃墟と化す戦争が記念の像を倒し
度重なる内乱が石工の作品を根こそぎにしようとも
軍神マルスの剣も戦乱の猛烈な炎も
君の記憶を刻む永遠の記録を焼くことはない。
死をも、すべてを忘却へと追いこむ敵をも
ものともせず君は堂々と歩を進めるだろう。君への称賛は
後世のすべての人の目にいつまでも留まり
最後の審判の日まで生き続けるだろう。
　だから、その日に再び甦《よみがえ》るまで
君はこの詩の中で生きて、称賛者らの目の中に棲《す》み続ける。

五十六

やさしい愛よ、おまえの活力を取り戻せ。
性欲よりも切っ先が鈍っていると言わせてはいけない
性欲は食べて今日は満たされても
明日はまた元通りの鋭利な力を回復する。
愛よ、おまえも同じであってくれ。今日空腹の目が
満ち足りて眠ることがあろうとも
明日はまた飢えた目をしかと開けて見よ
いつまでも鈍るにまかせて愛の活力を殺してはいけない。
この悲しい別れの時を、二つの岸を分かつ
海原に譬《たと》えるがいい、婚約したばかりの二人が
毎日離れた岸辺に来て、相手の姿を目の当《ま》たりにすれば
二人の姿がより幸せに包まれたものになるだろう。
　この別れの時を冬と呼ぶもいい、苦労が多いだけ
待望久しい夏が歓迎され、貴いものとなる。

五十七

君の奴隷である私に、どんな時であれ
君の望むがままに仕える以外に何ができようか。
君に命じられるまでは、私には
過ごすべき大切な時も果たすべき務めもない。
わが主君よ、私が時計を見ながら君を待っていても
果てしなく続く時をなじったりはしない
また君がこの臣下にひとたび別れを告げても
君のいない悲しさを耐え難いと思ったりはしない。
君がどこにいるかと疑心暗鬼になって思いあぐねたり
何をしているかと想像したりもしない
だが、悲しい奴隷に似て、私が待ちつつ思うのは
君が傍にいて幸せを噛みしめる人たちのことばかり。
　愛はほんとうに愚かなもの、だから君が
何をしようと、愛は君のすることを悪くは取らない。

五十八

最初に私を君の奴隷にした愛の神は禁じている
私が自分の一存で君の快楽の時を抑えることも
君自身に時のやり繰りの決算報告を求めることも
私は君の意のままになる臣下なのだから。
君の命令に従う身だから、君が自由に出歩き
私が牢獄に閉じこめられてもやむをえない
君の不当な仕打ちを告発することもなく
困難には辛抱強く耐え、いかなる批判も忍ばざるをえない。
君がどこにいようと、君の特権は絶大であるから
君は君の時間を自由に使って
何をやってもかまわない。君の犯した罪を
許すのも君だけに許された特権なのだから。
　待つことがたとえ地獄であれ、君の意向を待たねばならない
君の快楽が善かれ悪しかれ、咎《とが》めだてする資格は私にはない。

五十九

この世界に新しいものはなく、今あるものも
すでに存在したとすれば、新しいものを産む痛みに耐えながら
前の子の二番煎《せん》じを産み落としているとすれば
われらが頭脳はどこまでお人好しなのだろう。
おお、記憶を辿《たど》り、過去を振り返り
五百年前の昔に立ち返り
思想が初めて文字で表されて以来書き記された
古めかしい書物の中に、君の記述が見られたらいいのに。
そうすれば、君のこの完璧な容姿をめぐって
昔の人々が何を記録しえたか
われわれが進歩したのか、かれらがすぐれていたのか
それとも相も変わらぬ堂々巡りか分かろうものを。
　確かに私は思う、昔の賢者たちは
君ほどの価値もない主題に称賛を惜《お》しまなかったのだと。

六十

小石の散らばる岸辺に波が次々打ち寄せるように
われわれの刻一刻もその終末へと急ぐ
波は先行する波を追いかけながら
繋《つな》がって先へ先へと競って進む。
新生児が光の大海に躍《おど》り出るや
這《は》いながら成長し、成熟したとたん
悪意に満ちた日食が成熟した栄光と戦い
かつて与えた「時」が、今はその贈り物を破壊する。
「時」は青春の華やかな色艶《つや》を奪い去り
美の額にいくつもの深い皺《しわ》を刻み
自然の生んだ完璧な被造物を貪《むさぼ》り食らう
すべては「時」の草刈り鎌に刈り取られる定めにある。
だが、私の詩はまだ見ぬ未来まで生き永らえて
「時」の残酷な手に逆らい、あなたの価値を称え続ける。

六十一

あなたの面影が、疲れた夜更けまで私の重い瞼《まぶた》を
開かせておくのをあなたは望んでいるのですか。
あなたに似た面影が、私の目を欺くのは
私の眠りを破りたいからなのですか。
これほど遠くまであなたの亡霊を送ってくるのは
私の行動を根掘り葉掘り探るためですか
私の暇な折の恥ずべき行為をあばき出すためですか
それはあなたの疑念を晴らすためですか。
いや、あなたの愛は豊かでもそれほど強くはない。
私の目を開かせておくのは私の愛だ
私の眠りを妨げ、あなたのために
いつも寝ずの番をさせるのは私のほんとうの愛だ。
　私から遠く離れて、他の人たちといかにも親しく交わり
　よそで楽しんでいる間も、あなたのために私は寝ずにいるのだ。

六十二

自己愛の罪が私の目も私の魂も含めて
私のありとあらゆる部分に染みついている。
この罪を直す術《すべ》はない
私の心に深々と根づいているから。
思うに私の顔ほど魅力的な顔はないし
これほど均整の取れた肉体も、価値ある誠実さもない
私はあらゆる点で他の人たちより抜きん出ていると
自分で自分自身の価値を高く評価している。
しかし、日に焼け、時に打ちのめされ、ひび割れた
ありのままの私の老いの姿を私の鏡が映し出すと
私自身の自己愛に私はまったく別の解釈を与える
これほどまで自分を愛するのは罪だろうから。
　私の老いをあなたの青春の美で飾りながら
私が褒めるのは私ではなく真の私であるあなただ、と。

六十三

私の愛する人が今の私のように、「時」の破壊の手にかかり
擦《す》り切れてよれよれになるのに備えて
「時」がかれの若い血を涸《か》らし、その額を
皺で満たし、かれの青春の朝が
旅を続けて老年の夜の険しい坂を下り
かれが今、王者として支配するすべての美が
薄れやがて消えてまったく見えなくなり
かれの青春の宝物を「時」がひそかに盗み去る
そんな時に備えて、私は今
老人の「時」の残酷な破壊のナイフに対して守りを固める
「時」が私の愛する人の命を切断しようとも
かれの美は記録から削除させないためにも。
　かれの美はこの黒いインクの詩のうちに認められ
この詩は生き永らえかれはそこで永遠に緑である。

六十四

擦り切れ忘れ去られた昔の高価で豪華なものが
「時」の残酷な手に汚されるのを見るにつけ
かつては高く聳《そび》えていた塔が倒壊し
永遠の黄銅が死の猛威の奴隷になるのを見るにつけ
飢えた大海が岸の王土を侵蝕し
乾いた陸地が大海原に侵攻し
大海が増えると陸地が減少し
陸地が増えると大海が減少するのを見るにつけ
この世のすべてがこのように変化し
栄耀栄華もついには瓦解《がかい》するのを見るにつけ
「時」の廃虚に教えられ私は思い至る
やがて「時」がきて愛する人を連れ去ることに。
　いつか失う恐れのあるものを持てば
涙するほかはないとの考えは、まこと死に似ている。

六十五

黄銅も石も陸地も果てしない海もその力が
悲惨な死に支配されざるをえないとしたら
美はこの死の猛威を相手にどうして訴訟が起こせようか
美の力には花ほどの強さしかないのだから。
おお、夏の心地よい風がどうして
破城槌《つち》による「時」の破壊の包囲攻撃に耐えられようか
無敵の岩も鉄の城門も
「時」が破壊しえないほど強くはないとしたら。
ああ、思うだに恐ろしい、「時」の最良の宝石も
どこに隠したら、「時」の棺から安全でいられようか。
どんな強い手が「時」の敏捷《びんしょう》な足を止められようか
「時」による「美」の破壊略奪が誰に止められようか。
　誰にもできはせぬ、黒いインクの中で私の愛する人が
永遠に光り輝く、そんな奇跡が起こらぬ限りは。

六十六

こんなことにあきれ果てたから、私は安らぎに満ちた死が欲しい
たとえば、有能な人が貧しい生まれであったり
さらに取るに足りぬ人が華やかに着飾り
さらに誠実この上ない人が無残にも欺かれ
さらに黄金の栄誉が恥ずべきことに間違った人に与えられ
さらに乙女の純潔があろうことか娼婦へと貶《おとし》められ
さらに完璧な美が不当にも辱《はずかし》められ
さらに正当な権力が無能な権力に動きを止められ
さらに学芸が権威に口を閉ざされ
さらに学者ぶった愚か者が学問を支配し
さらに素朴な誠実さが馬鹿呼ばわりされ
さらに捕虜の善が勝利者の悪に仕えるのを見ると
　こんなことにはほとほとあきれ果てたから、私は死にたい
ただし、死ねば愛する人を一人残すことになるけれど。

六十七

ああ、かれはなぜ堕落した時代とともに生きて
悪友と交わり、罪悪の引き立て役になろうとするのか
その結果、かれを介して罪悪が有利な立場を得て
かれとつき合って、罪悪は自らを飾り立てている。
なぜ偽りの化粧がかれの頰の色を模倣して
かれの生きた顔色から、死んだ外見を盗もうとするのか
なぜ二流の美まで、かれの薔薇こそ本物だからと
模造のバラを使って人目を欺こうとするのか。
今では自然が破産して、生きた血管を流れ
頰を赤く染める血も涸《か》れたのに、なぜかれは生きようとするのか
自然は今ではかれのもの以外、美の宝庫を持たず
多くの美を誇るかに見えて、実はかれの収入だけで生きているからか。
　おお、自然がかれを生かしておくのは、はるか昔に
自然が持っていた豊かな美を、この堕落した現代に見せるためだ。

六十八

そうであれば、かれの頬ははるかなる過去の時代の縮図だ
その当時、美は今の花のように自然に生きて死んでいった。
こうした美のまがいものが生まれたり
生きた人間の顔をあえて占領したりする以前のことだ。
本来は墓に納めておくべき
死んだ人たちの金色の巻き毛が刈り取られて
第二の頭で第二の人生を送る
今は亡き美人の髪が別人を飾り立てる以前のことだ。
かれのうちに遠い昔の汚れのない時代が
なんの飾りもない、真の時代の姿が映し出される
別人の緑を借りて夏を現出することも
お古を盗み色褪せた美を飾り立てることもなかった時代が。
　かれを時代の縮図とすべく、自然はかれを生かしておく
過去の美のなんたるかを、偽りの技巧に教えんがために。

六十九

世間の目に映るあなたの器量はすべて
いかように考えても、非の打ち所がない。
すべての人の偽りのない魂の声がそのことを認め、
ありのままの真実を語り、敵ですら称えるだろう。
このようにあなたの外面は外面的な賛辞で飾られているが
その当然の賛辞をあなたに与える同じ人々が
目に見えるよりもはるかに深くを見て
前言を翻《ひるがえ》し、その賛辞を取り消す。
かれらはあなたの心の美に探りを入れ
あなたの行為から推し量《はか》って、その美を評価する。
すると、目はやさしくても、かれらのがさつな思いは
あなたという美しい花に雑草の悪臭を嗅《か》ぎ取る。
　しかし、あなたの香りは外見にそぐわない
　その理由は、あなたが見境なく交わるからだ。

七十

あなたが非難されてもあなたが悪いからではない
美しい人はいつでも中傷の的になるからだ。
美しい大空を飛ぶカラスのように
疑惑を招くことでかえって美は引き立てられる。
あなたに間違いさえなければ、時代の寵児なのだから
中傷はかえってあなたの価値を高めるだけだ。
悪徳は青虫のようにかぐわしい蕾を好むけれど
あなたは純粋無垢《むく》な花の盛りを見せている。
あなたは青春に潜む誘惑を乗り越えてきた
襲われなかったことも、襲われて勝利したこともあった
しかし、あなたをいくら褒めても
悪意は抑えられない、ますますはびこるだけだ。
　悪の疑惑があなたの外見を蔽《おお》い隠していなければ
あなたがすべての心の王国の支配者になりかねない。

七十一

私が死んでもあまり長くは悲しまないでくれ
君が耳にする暗く悲しい弔《とむら》いの鐘の音が
この忌わしい世界から私が逃れ、なお忌わしい蛆虫と棲むのを
世間に知らせている間だけにしてくれないか。
いや、この詩を読んでも、それを書いた手は
忘れてほしい、君のことを深く愛しているから
君のやさしい思いの中で忘れられるほうがましだ
私を思って君が悲しむよりは。
おお、よろしいか、君がこの詩を目にする頃には
恐らく私は土と一体になっているだろう
そのときには、私のつまらぬ名前など口にしないで
君の愛を私の命と同時に朽《く》ちさせてくれ
　賢《さか》しらぶる人々が君の悲しみに探りを入れ
私の死後、私のせいで君をあざ笑ったりしないためにも。

七十二

私の死後も君が愛し続けるのを見て
私に一体どんな価値があったのかと、世間に
問い詰められないよう、私のことは一切《いっさい》忘れてほしい。
私のうちに君は何の価値も見出せないのだから
君がなにか立派な嘘でも捻《ひね》り出して
私の価値を超えるようなことを言ってくれたり
けちな真実が喜び勇んで与えるよりも
もっと大きな賛辞を亡き私の墓に掲げたりしない限りは。
ああ、君が愛するあまり間違って私を褒め
君の真実の愛が偽りと取られないように
私の名前を私の亡骸《なきがら》と共に埋葬してほしい
生き永らえて私も君も恥をかくことのないように。
　私は私が書くもので恥をかく
君もそうなるよ、何の価値もないものを愛したりすれば。

七十三

私のうちにあなたが見るかもしれぬあの季節
黄ばんだ葉が散って、ほんのわずかだけ
冷たい風に震える枝に残っている、ついこの間
美しい鳥たちが歌っていた、廃虚と化した聖歌隊席。
私のうちにあなたが見るのは、こんな一日の黄昏《たそがれ》どき
西に日が沈み光が薄れ
たちまち黒い夜に占領され
死の分身の夜がすべてを安らぎの中に封印する。
私のうちにあなたが見るのは残り火
血気盛んな青春の燃え殻を
臨終の床にして今にも消え入りそう
その火を養ったものに焼き尽くされて。
　こんな光景を目《ま》の当たりにすると、あなたの愛はいよいよ強くなり
まもなく失わねばならぬものを深く愛するようになる。

七十四

しかし、死が無残にも私を逮捕し保釈も認めず
引き立ててゆこうとも、どうか平静でいてほしい
私の命はこの詩の中に少しは脈打ち
この詩は思い出として常にあなたのもとにとどまるから。
この詩を読み返してくれたら、あなたにささげた
もっとも大切な部分が甦《よみがえ》るだろう。
大地に戻るのは、その取り分たる土に帰る肉体だけ。
私のよりすぐれた部分たる精神はあなたのものだ。
だからして、あなたが失うのは命の残り滓《かす》だけ
私の肉体が死ねば、蛆虫の餌食になるだけ
卑劣な「時」のナイフになすすべもなく征服された肉体は
あなたに記憶されるにはあまりに卑しすぎる。
　肉体の価値はそれが宿す精神にあり
精神とはこの詩であり、あなたのもとにとどまる。

七十五

私の思いにとって君は、命を育む食べ物
ないしは、大地を潤《うるお》す穏やかな春雨だ。
君から心の平安を得ようとすると、私の心は
吝嗇漢とその富の間の葛藤に見舞われる。
今は君という富を得て満足に浸っているかと思うと
すぐに盗人の世間に君という宝が盗まれはしまいかと恐れ
今は君と二人っきりが一番いいと思い
次には世間が君という私の喜びを目にするほうがいいと思う。
あるときは君というご馳走を見て満腹し
次の瞬間、君の姿にすっかり飢えている。
君から得た喜び、これから得られる喜び
それ以外は何も持たず、何も求めはしない。
　こんなふうに、私は日々飢えては飽食し
君のすべてを貪り食らうか、いないと飢えている。

七十六

なぜ私の詩には新鮮で華やかな修辞がないのか。
多彩な変化も急激な展開もないのか。
なぜ私は時代の流行に乗って、目を向けようとしないのか
斬新な手法や一風変わった言葉の組み合わせに。
なぜ私はいつも決まり切った同じことばかり書き
題材にありきたりの衣装を着せるのか
おかげでどの言葉もほぼ私のものと分かり
どこで生まれどこに由来したかが丸見えだ。
ああ、分かってほしい、愛《いと》しい人よ、私が書くのは君のことばかり
君と愛がいつも変わらぬ私のテーマだ。
だから私にできるのはせいぜい古い言葉に新しい衣装を着せ
すでに使い古したものをまた使うことだけだ。
　太陽が日々古くなり新しくなるように
私の愛もすでに語ったことをいつも語り直している。

七十七

鏡はあなたの美が色褪《あ》せてゆくのを見せるだろう
日時計はあなたの貴い時が過ぎゆくのを教えてくれるだろう
空白のページにはあなたの思いが記されるだろう
このノートからあなたは次のことを学び知るだろう。
あなたは鏡が忠実に映し出す皺《しわ》を見て
口を大きく開けて呑みこむ墓を思い浮かべ
あなたの日時計のかすかな影の動きから
永遠に向かう「時」の忍び足を察知するだろう。
忘れてしまいそうな思いは何であれ
この白紙のページに書きとめなさい、そうしたら
あなたの頭から生まれ育った子どもたちが
あなたの頭と新たな再会を果たすだろう。
　鏡や日時計を見れば見るほど、あなたのためになり
　あなたのノートをうんと豊かにしてくれるだろう。

七十八

幾度もあなたを私のミューズとして呼び出し
私の詩作の大きな助けになってもらった
それを見て他の詩人たちが私のやり方をまね
あなたの庇護のもと詩集を出版している。
あなたの目は物言えぬ私に高らかに歌い上げることを教え
鈍重な無知無学な私に天高く舞い上がることを教えたが
その同じ目が学識ある詩人の翼にさらに羽を加え
優雅な美に二重の威厳を添えている。
だけど、私の書く詩を大いに誇るがいい
あなたから霊感を得て生まれたあなたの子なのだから。
他の詩人の作品の場合あなたは形式を改良するだけ
学識もあなたの優雅な魅力に引き立てられているだけ。
　しかし、あなたは私の芸術のすべてであり
粗野で無知無学な私を高い学問のレベルにまで引き上げてくれる。

七十九

私だけがあなたの助けを求めていた頃は
私の詩だけがあなたの高貴な魅力をすべて具《そな》えていた
しかし、今では私の魅力に溢れた詩も輝きを失い
私の病めるミューズは他の詩人に席を譲る。
愛する人よ、美しいあなたを称える詩は
確かに私よりも立派な詩人の労苦にこそふさわしい
しかし、あなたの詩人があなたのうちに何を発見しようと
あなたから盗み出したものをあなたに返すだけ。
かれがあなたに美徳を貸しつけても、その言葉は
あなたの行動から盗み取ったもの、美を与えても
あなたの顔にあったもの、いかに称賛しようと
それはあなたの中に元からあるものだ。
　だから、かれが何と言おうと感謝などしなくていい
かれがあなたに払うべき債務を、あなたが払っているのだから。

八十

ああ、君について書こうとすると、何と気弱になることか
私より優れた詩人が君の名前を利用し
全力を挙げてその名前を称えるのを知っているから
君の名声を語ろうとする私のほうは言葉を失う。
しかし、君の価値は大海のように無限であり
豪華な帆船もお粗末な帆船も浮かべるから
私の生意気な小舟はかれのよりは遥《はる》かに劣るのに
君の広大な大海に無謀にも乗り出す。
君のごく浅い助けでも私は浮かぶけれど
かれは君の底知れぬ深い海に乗っている
難破しても私は無価値な船だが
かれは頑丈な作りの上、大きくて豪華だ。
　だから、かれが栄え私がうち捨てられても
君への愛が私の身の破滅を招いただけのこと。

八十一

私が生き永らえて君の追悼詩を書こうと
君が生き永らえて私が土の中で朽ち果てようと
死はこの世から君の思い出は奪えない
たとえ私のすべてが忘れ去られようとも。
私が身罷《みまか》ればこの世からいなくなるが
君の名前は今から永久《とわ》に生きるだろう。
大地は私に目立たぬ墓をくれるだけだが
君は人々の称賛の目の中に埋葬されるだろう。
私の気高い詩が君の記念碑となろう
まだ創られていない目がそれを読み返し
これから生まれる舌が君の生涯を物語るだろう
今この世に生きている人々がみな死のうとも。
　君は永久に生きるだろう、私のペンにはその力がある
命がもっとも息づくところ、人々の口の中で。

八十二

確かにあなたは私のミューズと結婚してはいなかった
だから、他の詩人たちがあなたの美というテーマに
熱烈な言葉を費やし、あなたがそれを一読し
すべての書物を祝福しても恥辱にはならない。
容姿も学問もあなたは抜きん出ているから
あなたの価値は私の賛辞を凌駕している
だから、あなたが、日々進歩する時代を体現した
新しい作品を新たに求めるのも当然のこと。
そうしなさい、愛する人よ、しかし、かれらが
修辞学が教えるわざとらしい表現を捻《ひね》り出したとしても
真に美しいあなたは、この真実しか言わない友により
真に素朴な言葉で、真実らしく表現されよう。
　かれらの厚化粧は血の気の薄い頬には
有効だろうが、あなたの場合は乱用だ。

八十三

君に化粧が必要だと思ったことはまったくない
だから、君の美に言葉の化粧を施したこともない。
君の恩に詩人が報いようと不毛の詩を献じても
君はそれをゆうに超えている、と思った。
君を褒めるのを控えてきたのは
君自身がそこにいるだけで見えてしまうからだ
君の中で成長する価値を語るには
凡庸《ぼんよう》なペンではいかにも役不足であることが。
君は私の沈黙を罪と見なしたけれど
黙して語らぬほうが私の最高の栄誉となろう。
黙っているから美を損なうこともない
他の詩人らは命を与えようとして墓を作っているではないか。
　君の美しい目の一つにより大きな命が宿っている
　詩人が二人がかりで君を称えて編み出すよりも。

八十四

君だけが君だというこの豊かな褒め言葉を超えて
君を称賛できる言葉巧みな詩人は果しているだろうか
君という閉ざされた空間の中にしか
君に並ぶ手本となる豊かな資質の成長の場はないのだから。
詩人のテーマにささやかな栄光すら与えられない
そんなペンには貧相な筆力が宿るだけだ
しかし、君について書く詩人が、君こそ君だと
言うだけでその話に威厳を添えることになる。
自然がかくも完璧に作ったものを損なうことなく
自然が君の中に記したものを詩人に書き写させるだけでいい
そのように正確に写せば、詩人の才能は広く認められ
かれの文体も至る所で称えられよう。
　君が称賛を好むと、君の美という神の祝福に
呪いを加え、君を称える言葉も安っぽくなる。

八十五

口を閉ざした私のミューズは礼儀正しく黙して語らず
一方、巧みに綴られた君への賛辞が
黄金の鵞ペンを使い、ミューズが総がかりで磨き上げた
そんな華麗な表現を駆使して、君の特質を後世に伝える。
他の詩人たちが立派な言葉を書き連《つら》ねている一方で
私は立派な思いを抱き、才能ある詩人が
洗練されたペンを揮《ふる》って磨き上げた文体を用い君に捧げる
すべての讃美歌に無学な書記よろしく常に「然《しか》り」と唱える。
君が称えられるのを聞けば、私は「然り、その通り」と言い
最高の賛美にさらに何かを付け加える。
しかし、それは私の思いの中でのこと、君への愛は思いの中では
先陣を切っている、言葉では後手に回っているけれど。
　だから、他の詩人たちはその空疎な雄弁ゆえに
私は真実を語る無言の思いゆえに、注目してほしい。

八十六

今にも生まれそうな私の思いを頭の中に埋め戻し
思いが育った子宮を墓に変えたのは
君というこの上なく貴重な戦利品めがけて
帆にたっぷり風を孕《はら》んで進むかれの壮大な詩であったのか。
私を黙らせたのは、過去の偉大な詩人たちに教えられ
人間わざをはるかに超える詩を書いたかれの才能であったのか。
いや、恐怖のあまり私の詩を萎縮させたのは
かれでも夜毎かれを助けた仲間の詩人たちでもなかった。
私を黙らせた勝利者だと誇れるのは
かれでも夜毎かれに間違った情報を流す
あの愛想のいい使い魔でもなかった。
そんなことが恐くて書く気力が失せたのではない。
　そうではなくて、君の好意がかれの詩を支えると
私はテーマを奪われ、それが私の詩を弱体化させたのだ。

八十七

さようなら、私のものにするにはあなたは高価すぎる
おそらくあなたもおのが価値を知っているだろう。
あなたの貴い価値に伴う特権があなたを私から解放する。
あなたとの契約はとっくに期限が切れている。
あなたの許可なしにどうしてあなたを引き止められようか
そんな富に値する価値が私のどこにあろうか。
こんな美しい贈り物を受け取る理由は私にはない
だから、私の所有権は再びあなたのものになる。
あなたがおのれを与えたときはおのが価値を知らなかったか
それをもらった私の評価を間違えていたかだ。
だから、誤解から生まれたあなたという素敵な贈り物は
正しく評価し直せば元の持ち主のものになる。
　そうであれば、あなたをものにしたのは夢に騙《だま》されたようなもの
眠っていると私は王だが、覚《さ》めてみるとさほどでもない。

八十八

あなたが私を軽視したいと思い
私の価値を侮蔑《ぶべつ》の目で見たいと思うことがあれば
私はあなたに味方して私を敵に回して戦い
あなたに裏切られても、あなたの正しさを証明してみせよう。
私の弱点は私が知り尽くしているので
あなたを守るために、私が密かに罪に耽《ふけ》り
恥辱にまみれているという話を捏造《ねつぞう》しよう
あなたが私を失って大きな栄誉が得られるのであれば。
こうすることで私も得をする
なぜなら、私の愛する思いはあなたにだけ注がれているので
私が自分に加える危害があなたの利益になるのであれば
私の利益も倍加するからだ。
　私の愛はそれほど大きく、私は完全にあなたのものゆえ
あなたの正しさを守るためならどんな非難にも耐えてみせよう。

八十九

私がなにか罪を犯したから私を捨てたとあくまで言い張るなら
その罪について詳しく話してあげよう。
私の足が悪いと言うなら即座に足を引きずってみせよう
あなたの主張に一切反論はしない。
愛する人よ、あなたの望む別れを取り繕《つくろ》おうとして
いかにひどい恥を私にかかせても
あなたの望みどおり私が自分を辱めるのにはかなうまい。
私は知らんぷりをして、赤の他人になりすまし
あなたの行き着けの場所を避け
あなたの愛すべき美しい名を口にするのもよそう
あまりにも汚れた私があなたの名を汚し
二人のかつての関係をついばらしたりしてはいけないから。
　あなたを守るために、私は自分自身に宣戦布告しよう
あなたが憎むような男を私が愛してはいけないのだから。

九十

だから、私を憎みたければ、今こそ憎むがいい
世間が私のやることすべてを妨害しようとする今こそ
悪意に満ちた運命と結託して私を降伏させるがいい
私を襲ってさらなる悲しみを与えるのはやめてくれ。
ああ、私の心がこの悲しみからようやく逃れたあとで
克服しえた悲しみをまた背後から攻撃するのはやめてくれ。
風の強い夜に雨の降りしきる朝を続けて
私の破滅を望んでいるなら、先延ばしはするな。
私を捨てたければ、他のちっぽけな悲しみがよってたかって
私を苦しめた後の、最後の最後に捨てるのはやめてくれ
先陣を切って攻めてくれ。私が
運命の最悪の力をいの一番に味わえるように。
　他の色んな悲しみも今は悲しみと思えても
あなたを失うのに比べたら物の数ではない。

九十一

ある人は出自を誇り、ある人は学識を
ある人は富を、ある人は体力を誇り
ある人は最新流行の俗悪な衣装を誇り
ある人は鷹《たか》や猟犬を、ある人は馬を誇る。
人は個々の気質に合ったそれぞれの楽しみを持ち
そこに他の何物にも代えがたい喜びを見出す。
しかし、こんな個別の楽しみは私の幸せの尺度に合わない。
ひとつの包括的な楽しみがこれらすべてにまさる。
あなたの愛は私には高貴な出自にまさる
富よりも豊かで、華やかな衣装よりも華やかだ
鷹や馬よりも大きな喜びを与えてくれる。
あなたがいるだけで、人々の誇りのすべてが誇れる。
　心配なのは、あなたがこのすべてを奪い去り
私をこの上なく惨《みじ》めにするのでは、との危惧だけだ。

九十二

しかし、私から逃げようと最悪の仕打ちをしても
命のある限りあなたは確かに私のものだ
私の命はあなたの愛ほど長くは続かないだろう
その命はあなたの愛次第なのだから。
ちょっとした冷たい仕打ちでもその命が終わるのに
最悪の仕打ちを恐れる必要などどこにあろうか。
あなたの気紛れに左右されるよりも
もっとましな境遇が私を待ち受けているのだから。
あなたの気紛れで私を悩ますことはできない
あなたの心変わりで私の命は尽きるのだから。
おお、なんという幸せを私は持っていることか
あなたに愛される幸せと死にゆく幸せという。
　しかし、どんなに幸せな美しいものにも染《し》みはある。
あなたに裏切られても私が知らないときもある。

九十三

だから、私は妻に裏切られた夫よろしく
あなたの誠実さをひたすら信じて生きてゆく。愛の外見は
だから、新たな顔に変わろうと、まだ愛に見えよう。
あなたの顔は私のもとにあろうと、あなたの心はよそにある。
あなたの目に憎しみは住みえないから
目を見てもあなたの心変わりは分からない。
心の裏切りの物語は多くの人々の顔に
怒りやしかめっ面やそっけない笑い皺《じわ》で記される。
だが、あなたを創造した折、神はお決めになった
あなたの顔には常にやさしい愛が住まうようにと。
あなたの思いや心の動きがいかようであれ
あなたの顔が物語るのはやさしさだけだと。
　あなたの美徳が外見と一致していないとすると
あなたの美貌は目に心地よいイヴの林檎《りんご》にうり二つ。

九十四

人を傷つける力がありながら、そうはすまいと思う人々
大いにやりそうに見えながらやらない人々
他人の心を動かしても、おのれは石のように
不動で冷淡で誘惑に負けない人々
そんな人々こそまさに神の恩恵を享受し
自然の与えた富を浪費から守る人々だ。
かれらは自分の顔の主人であり所有者だが
他の人々はかれらのすぐれた資質の管理者にすぎない。
夏の花は夏に甘い香りをもたらす
たとえ種を結ぶこともなくひとりで死んでゆこうとも。
しかし、その花が卑しい病に侵されたら
もっとも卑しい雑草すらその花の品位を出し抜く。
　どんなに美しいものも卑劣な行為で醜くなる。
　腐敗した百合は雑草よりもひどい悪臭を放つ。

九十五

あなたは恥辱をなんと甘美なものに変えることか
それはかぐわしい薔薇に潜む毛虫のように
ふくらみかけた名声の美を汚すというのに。
おお、あなたは罪深い行いをなんと甘い歓喜で包みこむことか。
あなたの日々の物語を語る者は誰しも
あなたの自堕落に艶っぽい注釈を施しながら
称賛の形でしか非難できず
あなたの名前を挙げたとたん、悪評も祝福に変わる。
おお、この悪徳はなんと素晴らしい住まいを入手したことか
あなたの体を悪徳の住まいに選んだのだから
そこでは美のヴェールがあらゆる罪を覆《おお》い隠し
目に見えるものをすべて美に変える。
　愛する人よ、そんな気ままな自由に気をつけなさい
どんなに硬いナイフも乱用すればその切っ先は鈍る。

九十六

ある人はあなたの欠点は若さに、ある人は好色に
ある人はあなたの魅力は若さと紳士らしい遊びにあると言う。
魅力も欠点も、上下の別なく皆から愛されている
あなたのもとに集まる欠点をあなたは魅力に変えるからだ。
玉座にいる女王の指にあれば
安っぽい宝石も高価に見えるように
あなたの中に見える逸脱行為も
美徳に変わり立派な行為と判断される。
獰猛《どうもう》な狼が羊に姿を変えうるとすれば
いかに多くの羊を騙《だま》すことになろうか。
あなたがあなたの威光を駆使しようとすれば
いかに多くの称賛者を惑わすことになろうか。
　惑わしてはいけない、あなたを深く愛しているから
あなたもあなたの名声も私のものにしたいのだ。

九十七

過ぎゆく一年を通して喜びをもたらすあなた
あなたのいない時はまるで冬のようであった。
いかに身も心も凍《こお》りつき、いかに暗黒の日々を見たことか。
至る所いかにも年老いた十二月の不毛を見たことか。
しかし、あなたのいないこの時は夏であった
豊穣の秋は豊かな子孫を孕《はら》み
浮気な春の子らを宿していた
夫亡き後の未亡人の孕み腹のようであった。
しかし、この豊かな子らも私には
孤児や父なし子の定めに思えた
夏とその喜びはあなたに仕えているので
あなたがいないと鳥すら黙して歌わない。
　たとえ歌っても、あまりにもふさいで歌うので
木の葉も冬かしらと脅《おび》え、色褪せて見える。

九十八

君のいない春のことであった
華やいで多彩な四月が盛装して
すべてに青春の息吹きを吹き込んだので
物憂《う》げな土星さえ笑って春と踊っていた。
しかし、鳥の歌を聞こうと
色も香も多様な、花の芳香を嗅《か》ごうと
楽しい夏の物語を語る気分にはなれなかった
咲き誇る野山で花を摘《つ》み取る気分にも。
百合の白さに見とれることも
薔薇の深い朱色を称えることもなかった。
それらは心地よく香るだけのもの、君を模写した
喜びの似姿にすぎず、君こそすべての模範であった。
　しかし、私にはいつまでも冬に思えた
君がいないので君の似姿と思い花と戯れた。

九十九

こう言って私は早咲きの菫《すみれ》を叱りつけた
「かぐわしい盗人よ、どこからその芳香を盗んできたのか
私の愛する人の息からではないとしたら。
おまえの柔らかい頬に棲む華やかな青紫色も
私の愛する人の血につけて染めたのは明らかだ。」
あなたの手からその白さを盗んだと言って私は百合を
あなたのかぐわしい巻き毛を盗んだと言ってマヨラナの蕾を叱った。
薔薇は棘の上で不安に恐れおののき
あるものは恥じて顔を赤らめ、あるものは絶望に蒼《あお》ざめた。
赤でもなく白でもない第三の薔薇は両方から盗み
その盗みに加えてあなたの息まで盗んだ
しかし、盗みの罰としてか、華やかな花の盛りに
執念深い毛虫に貪り食われ死んでしまった。
　私は他の花も目にしたが、いずれも
芳香や色をあなたから盗んだとしか思えなかった。

百

どこにいるのか、ミューズよ、おまえに大きな力を
与えるものについて、これほど長く語るのを忘れるなんて。
つまらない歌に詩的霊感を使い果たし
卑しい題材を照らすために詩の力を消耗したのか。
帰れ、忘れっぽいミューズよ、直ちに
気高い詩を書き、無駄に使い果たした時を償え。
おまえの歌を正当に評価し
おまえのペンに技量と題材を与える青年の耳に歌え。
目を覚ませ、怠け者のミューズよ、愛する人の
美しい顔に「時」が深い皺を刻んでいないか調べよ。
もしあれば、「時」の破壊を風刺する詩を書け
「時」の略奪行為が世間の嘲笑の的《まと》になるように。
　愛する人に名声を与えよ、「時」が命を奪わぬうちに。
そうして「時」の大鎌、あの歪《ゆが》んだナイフを出し抜くのだ。

百一

おお、怠け者のミューズよ、真実を美しく染め上げるのを
怠ってきた罪をどのように償うのか。
真実も美も私の愛する人に頼り切っている。
おまえもしかり、かれに頼ってこそ威厳もあろうものを。
答えてくれ、ミューズよ、おまえはおそらくこう言わないか
「真実には変わらぬ色があるから、脚色などいらない
美には、美の真実を上塗りする絵筆などいらない
最良のものは混ぜ物がないからこそ最良なのだ」と。
かれは褒める必要がないから、おまえは黙して語らないのか。
そんな沈黙の弁解はやめてくれ、おまえには
金ぴかの墓よりもかれをずっと生き延びさせ
これから先もずっと称賛の的たらしめる力があるのだから。
　さすれば、務めを果たせ、ミューズよ、かれの今の姿を
はるか先まで伝える術を私が教えてあげよう。

百二

私の愛は外目にはひ弱に見えても、内実は強い。
外目には減ったように見えても、愛は大きい。
持ち主がその高い価値を至る所で宣伝したりすれば
そんな愛は商品となんら変わらない。
二人の愛がまだ新鮮な早春の頃
私もそれを歌に歌って称えたものだ
小夜《さ》鳴き鳥が夏の初めに歌って
夏も深まると歌うのをやめるように。
かの女の嘆きの歌に夜も沈黙した時と比べて
夏の盛りの今が楽しくないからではなくて
騒々しい鳥の歌に枝もたわむほどに
喜びもありふれると喜ばす力を失うからだ。
　かの女を真似て、私も時には口をつぐもう
私の歌で君を飽き飽きさせたくはないから。

百三

ああ、私のミューズはなんて貧弱な詩を生み出すことか
かの女の輝きを示す絶好の機会を与えられているのに
私の褒め言葉をつけ足したものより
君という裸の主題のほうに大きな価値があるなんて。
ああ、こんなものしか書けないからって、私を責めないでくれ。
君の鏡を覗いてごらん、そこに映る顔は
私の拙い想像力をはるかに超えている
私の詩など色褪せ、私に恥をかかせる。
推敲しようとして、元々素晴らしい主題を
駄目にするなんて、罪深くはないだろうか。
私の詩には君の魅力と才能を
語る以外なんの目的もないのだから。
　君が鏡を覗き見れば、私の詩が表すよりも多く
はるかに多くのものがそこに映し出されている。

百四

美しい友よ、君が年とるなんて私にはありえない
私が初めて君の目を目にしたときと
今の君の美しさは同じに見えるから。三たびの冬の寒気が
森の木々から三たびの夏の輝きを振るい落とし
三たびの美しい春が黄色い秋に変わるのを
四季の変化の中で目にした、三たびの四月の芳香が
三たびの六月の暑さに焼かれるのも目にした
今なお若々しいが初めて瑞《みず》々しい君を目にして以来。
ああ、しかし、美は日時計の針のように
いつの間にか文字盤を進むが、その歩みは見えない。
君の美しい容貌も私には静止していると見えて
動いている、私の目が騙されているのかもしれない。
　そうなるのを恐れるから、まだ生まれぬ世代に言っておく
君たちが生まれる以前に、美の盛りの夏は死んだのだ、と。

百五

私の愛を偶像崇拝とは呼ばないでくれ
また私の愛する人を偶像とはみなさないでくれ
私の歌も褒め言葉もおしなべて同じように
一人に対し一人について常に繰り返されるからとはいえ。
私の愛する人は今日もやさしく明日もやさしい
驚嘆に値する優れた資質は常に不変である。
だから私の詩も常に変わることなく
一つのことのみ表現し、多様な主題を排除する。
「美、善、真」が私の主題のすべてである
「美、善、真」を他の言葉に言い換えて
その言い換えに私の想像力を使い果たす
三つの主題は一体をなし、素晴らしい世界を展開する。
　美、善、真は別人のうちに存在することが多かった
三者が一人のうちに存在したためしはこれまでなかった。

百六

廃墟と化した過去の時代の年代記に
最高に美しい人々の描写を見ると
今は亡き貴婦人や美しい騎士を称える
古めかしい歌を、美しい人々が美しくするのを見ると
美しい美の最良のもの
手や足や唇や目や額を描写したのも
今、君が所有するまさにその美を
古人のペンが表現したかったからだと分かる。
だから、かれらの褒め言葉はすべて君の予言であり
われわれのこの時代の予言にほかならない
かれらは未来を想像の目で見ていたにすぎないから
君の価値を称えるだけの知識はなかった。
　しかし、今のこの時代を見ているわれわれには
驚嘆する目はあっても、称賛する舌は欠けている。

百七

未来のことを予測し思い煩《わずら》う
そんな私自身の気がかりも広い世間の人々の予感も
私のほんとうの愛がいつまで続くかは決められない
いつかは終わる定めにあると思ってはいても。
月の女神に比すべきお方も月食の憂き目を経験し
悲観的な予言者らも自らの予言をあざ笑っている。
不安の世は去り、安定が玉座を占め
今の平和はオリーヴの永遠の繁栄を宣言している。
今や心地よい時代の癒《いや》しの滴《しずく》に濡れて
私の愛は甦ったように見え、死も私にはひれ伏す
私は死をものともせずこの拙い詩の中で生きるからだ
たとえ死が愚かな物言わぬ大衆には勝利しようとも。
あなたはこの詩の中にあなたの記念碑を見出すだろう
暴君の真鍮の紋章や墓標がたとえ無に帰そうとも。

百八

私の内心をあなたに包み隠さず書いてしまったいま
インクで書ける何がまだ頭に残っていようか。
私の愛を、はたまた、あなたの貴い価値を表すような
何か新しいことが語れようか、今、何か記録できようか。
何もない、愛しい青年よ。ただ、礼拝の祈りのように
日々同じ言葉を繰り返すしかない、どんなに古い言葉も
古いとは思わず、あなたはわがもの、われはあなたのもの、と
初めてあなたの美しい名前を崇《あが》めたときのように。
かくして、永遠の愛は愛の若々しい衣装をまとい
老齢に伴う崩れた廃墟などものともせず
いやでも忍び寄る皺に負けることもなく
老人を永久に永遠の愛の小姓に変える、
　時が経ち外見も一変し、愛も死んだかに見える
そんな中でも初めの愛の思いが成長しているのが見える。

百九

おお、別離が私の愛の炎を弱めたかに見えようと
私を不誠実な男だとは言わないでくれ。
あなたの胸の中にある私の魂と別れるのは
私が私自身と別れるのと同じくらい難しい。
あなたの胸こそ私の愛の住処《すみか》だ。彷徨《さまよ》い出ようと
旅人のようにまた舞い戻る
予定の時を違《たが》えず、時が経っても心変わりすることなく
私の不在の罪を悔恨の涙で洗い流して。
たとえ、ありとあらゆる気質の人々を悩ます
脆《もろ》さのすべてが私の気性を支配していようと
あなたという貴い財産をつまらぬものと引き換えに捨てるほど
私の気性がとてつもなく堕落しているとは思わないでくれ。
　私の薔薇よ、あなたのいないこの広大な宇宙を
無と呼ぼう。あなたはそこでは私のすべてなのだから。

百十

ああ、確かに私はあちこち放浪し
人前でまだら服の道化役を演じ
おのが心を傷つけ、とても大切なものを安く売り
新たな恋をしては同じ裏切りを繰り返した。
実際、確かに私は誠実な人を横目で
よそよそしい目で眺めたが、しかし、天にかけて誓おう
こうしたわき目で私はさらに若返った気分になり
悪友と付き合ってあなたこそわが最愛の人だと分かった、と。
すべてが終わったいま、終わることのないわが愛を受け入れておくれ。
これまでの友人を値踏みしようとして、新しい愛人を試して
私の情欲を研《と》ぎ澄《す》ますのはもうやめにしよう
あなたこそ私が一途《いちず》に崇《あが》める愛の神なのだから。
　されば、天に次ぐ最愛の人よ、そのあなたの
清らかな、もっとも愛情豊かな胸に私を迎え入れておくれ。

百十一

おお、私のためにも運命の女神を叱っておくれ
私の悪事に全責任を負うあの女神を
私の生計の足しにと女神が与えたのは
卑しい生き方を助長する人気稼業にすぎなかった。
結果として私の名声に恥ずべき烙印が押され
そのために私の素質も染物師の手のように
働いている仕事の色にほぼ染まってしまった。
だから、私を憐れと思い、更生を祈ってほしい
私もこの強力な伝染病の治療のために
回復を願う患者よろしく酢を飲むつもりだ。
いかに苦くとも苦いとは思わないし
罰に罰を重ねた二度の贖罪《しょくざい》も辛いとは思わない。
　だから、愛する友よ、私を憐れと思っておくれ
確かに私を癒すには、君の憐れみがあれば充分だ。

百十二

世間の悪い噂が私の額に焼きつけた
烙印の傷を君の愛と憐れみが癒してくれる。
誰が私を褒めようと貶《けな》そうと気にはしない
君が私の悪をかばい、善を認めてくれるなら。
君は私の世界のすべてだから、私の欠点と長所を
知るには、君の判断を待たねばならない。
私のこの頑《かたく》なな心を良くも悪くも
変えうるものは君を措《お》いて他にはいない。
他者の意見への気遣いはすべて深い淵に投げ捨てたから
非難する者やへつらう者の声に
私は蝮《まむし》のように耳を固く閉ざしている。
私のそんな無関心の言い訳をどうか聞いてくれ。
　君は私の思いと固く結ばれ一体になっているから
私以外の世間の人はみな君が死んだと思っている。

百十三

君と別れて以降、私の目は私の心の中にあり
歩き回る私を導くべき目が
その役割を半ば放棄し半ば盲目に近く
見えているようで実は何も見えていない。
鳥であれ花であれ、何であれ目が捕らえるものの
形を心にまったく伝えていないからだ。
目をよぎる生き物を心が分かち合うこともない。
目が捕らえたものを心の目はとどめておけない。
なぜなら目がいかに粗野なもの、いかに高貴なものであれ
いかに美しい容貌であれ、いかに醜悪な生き物であれ
山であれ海であれ、昼であれ夜であれ、烏《からす》であれ鳩《はと》であれ、
何であれ見るものすべてを君の姿に変えてしまうからだ。
　君のことだけ考えてそれ以外考えられないから
私のひたむきな心は私の目に嘘偽りを見せる。

百十四

私の心が君の愛を得て王位に着いた心地になり
王者の病である阿諛《あゆ》追従《ついしょう》を飲み干しているのか
それとも、私の目は真実を語っているのに
君への愛が私の目に錬金術を教え
目の光に照らされ物が姿を現すとすぐに
奇怪なものや混沌としたものを
美しい君自身に似た天使に変え
あらゆる醜悪を完璧な美に作り変えているのか。
おお、答えは前者。私の目を欺く追従を
私の尊大な心が王者よろしく飲み干しているのだ。
私の目は心が何を好むかをよく弁《わきま》えていて
心の味覚に合うように飲み物をこしらえる。
　それが毒入りであっても罪は軽い
私の目がそれを好み、先に毒味をするのだから。

百十五

私が以前に書いた詩は嘘っぱちだ
今ほど君を愛することはありえないだろうと言ったあの詩は。
しかし、あのときの私の認識では、激しく燃える愛の炎が
後にもっと激しく燃えるなど知る由《よし》もなかった。
しかし、「時」の力を思えば、「時」は無数の事件を
誓いと実行の間に潜《もぐ》り込ませ、王の布告を変更させ
聖なる美をひからびさせ、鋭い意欲を鈍らせ
固い決意も変化する事態の流れに巻きこまれぐらつく。
ああ、「時」のそんな圧制を恐れるからこそ
私が疑問の余地のない確信を抱いて今が最高と思い
未来に確信が持てなかったあのときに
「今こそ君をいちばん愛している」と言えたのではなかろうか。
　愛の神は幼子《おさなご》だから、そんなことを言ってはいけなかった
絶えず成長してやまぬものを大人とみなすことになるから。

百十六

誠実な心と心の結婚に異議が入り込むことなど
私は認めるわけにはいかぬ。事態が変われば
心変わりする愛、相手が思いを移せば
自分も思いを移す愛、そんな愛は愛とは言えぬ。
断じて言えぬ、愛とは嵐を見つめつつ微動だにしない
いついつまでも立ち続ける海の標識だ。
愛は進路をそれるすべての船を導く星だ
その高度は測れても、影響力は測り知れない。
愛は「時」の道化ではない、薔薇色の唇と頬が
「時」の曲がった鎌に刈り取られようとも。
愛は束の間の時間や週に合わせて変わるのではなく
最後の審判の瀬戸際まで持ちこたえるものだ。
　私が身をもって証明したこのことが間違いであれば
私は書かなかったも同然、真の愛などなかったのだ。

百十七

私を告発するがいい、君の大きな恩義に
報いるのをすっかり怠り、すべての絆が日々
君の貴い愛に私を結びつけているのに
その愛を私が求めるのを忘れていたと。
私が得体の知れない連中と付き合い
君が高値で買った愛の権利を人にただでやったと
君の目の届かぬ遠くへ私を運び去る
あらゆる愛の風に帆を揚げていたと。
私の意図した罪も過失も記録し
正しい証拠に加えて嫌疑も集めるがいい。
私を君の怒りの標的にしてもいい
しかし、真の憎悪の矢は放たないでくれ。
　私は君の愛の変わらぬ力をただ試そうとしただけと
　私の答弁書は主張しているのだから。

百十八

食欲をよりいっそう掻き立てるために
辛い食べ物で味覚を刺激するように
症状の現れない病気を予防するために
下剤を使い、病気を避けようとして病気になるように
まさに同様、飽きることのない君の甘い優しさに満腹して
私の食事に苦い薬味を効かせてみた
また、健康にうんざりして、訳もなく
病気になるのもまんざら悪くはないと思った。
こうして、まだ見ぬ病に備えるはずの
愛の策略が本物の病気を生んでしまい
健康であった体を治療づけにしてしまった
健康すぎるあまり、病気で治したいと思ったからだ。
　しかし、そんなことから私は正しい教訓を得た
君にうんざりした男には薬が毒にもなるという。

百十九

内部が地獄のように穢《けが》れた蒸留器から蒸留した
サイレーンの誘惑の涙をどれほど飲んだことか
喜びののち不安を覚え、不安ののち喜びを味わい
自分は勝ったと思っても常に負けていた。
私の心はかつてなく幸せだと思いながら
なんと浅ましい間違いを犯したことか。
この狂わんばかりの熱病に錯乱するあまり
私の目はその眼窩からどんなに飛び出したことか。
おお、何という悪の効用か。今、私は悟った
優れたものは悪によりさらに優れたものになり
破綻《はたん》した愛も再建すれば、以前よりも
なお美しく、強く、はるかに大きくなると。
　だから、私は罰せられて、幸せな心境に戻り
　悪事によって、支払った分の三倍も獲得する。

百二十

かつての君の冷たさが今の私に味方している
そのとき感じた悲しみを思うと
罪の重みに頭《こうべ》を垂れざるをえない
私の筋肉が真鍮製でも鍛えた鋼鉄製でもない限りは。
私が君の冷たい仕打ちに苦しんだように、君も
そうだとすれば、地獄の責め苦を味わったにちがいない
なのに私は暴君のように、かつて君に裏切られて
どんなに苦しんだか考えてみようともしない。
おお、二人の悲しみの夜が、真の悲しみの辛さを
私の心の奥に思い出させてくれてもよかっただろうに
あのとき君がしたように、傷ついた君の胸によく効く
謙虚な謝罪の軟膏《なんこう》をすぐにすりこめばよかっただろうに。
　しかし、君のあの罪が今、私に補償金を払ってくれる。
私の罪が君の罪を償《つぐな》えば、君の罪も自ずと私を償ってくれる。

百二十一

悪くもないのに悪いと非難されることもあるから
悪いと思われるよりほんとうに悪いほうがましだ
正当な快楽も、われわれがどう思うかではなく
他人が見て悪いと判断されれば、台無しになる。
他人の不実で淫らな目が、なぜ私の好色な情熱に
親しげな目配せをくれないといけないのか。
私がよいと思うものを一方的に悪いと決めつけるような
私より脆弱《ぜいじゃく》な連中に、なぜ私の弱みを見張られないといけないのか。
いや、私は私だ、私の悪事を非難する連中は
自分たちの犯した悪事を数え上げているのだ。
私は正直でやつらのほうがひねくれているのだ。
私の行為がやつらの淫らな考えで解釈されてはたまらない
　人間はみんな悪であり、悪ゆえに栄えるという
一般的な悪をやつらが説くのでない限りは。

百二十二

あなたがくれたメモ帳は私の頭の中にある
いつまでも残る思い出がたっぷり記録されて
そのほうが取るに足りぬ紙の束にまさって
有限の時を超え、永久に生き残るだろう。
いずれにせよ、頭と心が自然の与えた力を
揮《ふる》い続けるかぎりは生き残るだろう。
頭と心があなたを、一切《いっさい》を消し去る忘却に委《ゆだ》ねるまでは
あなたについての記録が失われることはない。
あの貧相な記憶のメモ帳に多くは納まらない
あなたの大事な愛を記録する借用書もいらない。
だから、メモ帳はあえて手放して
あなたをもっと記録できる頭のメモ帳を信じることにした。
　あなたを思い出すのにメモ帳を持てば
私の健忘症を暗に認めるようなものだ。

百二十三

いや、時よ、私も変わるなどと自慢はさせない。
最新の技術を傾けて再建されたおまえの尖塔《せんとう》も
私には一向《いっこう》に新しくも珍しくもない。
かつて見たものの改作にすぎない。
われわれの命は短い、だから、われわれは
おまえが騙してつかませる古いものに驚嘆の目を向ける
そして以前、人づてに聞いたことがあると思うよりは
われわれの好みに合わせた新しいものとつい思いこむ。
現在にも過去にも驚嘆を覚えないから
おまえの記録もおまえ自身も軽蔑する
おまえの記録も、今、目の前に存在するものも嘘であり
おまえが急速に過ぎると、すべてが目まぐるしく変わるからだ。
　私が誓って言う次のことが変わることだけはありえない
おまえの大鎌にもお前にも抗《あらが》い私は誠実であり続ける。

百二十四

私の貴い愛が現状に左右される子にすぎないとしたら
運命の女神の、父のいない私生児となり
「時」に愛されもし、憎まれもし
雑草として摘まれることも、花として摘まれることもあろう。
いや、私の愛は偶然の遠く及ばぬ所で築かれた。
微笑みかける栄華の影響を受けることも
抑えつけられた不満が爆発して倒れることもない
時代がわれわれの行動をいずれかへ誘いはするが。
私の愛は、短期の契約にのみ有効な
あの反逆者の陰謀を恐れることもなく
たった一人ですこぶる慎重に行動するので
暑さで成長することも、豪雨で水浸しになることもない。
　このことの証人に私は「時」に弄《もてあそ》ばれる道化らを召喚する
かれらは罪を犯して生きた後、それを悔い改めて死んでゆく。

百二十五

私が天蓋《てんがい》を捧げ持ち、私の行動で相手の威容を称えようと
また、私が永遠を支える頑丈な基盤を打ち立てようと
私には何の意味もありはしない、そんな基盤は
破壊や荒廃よりも短命だからだ。
外見や顔形に執着する人々が
素朴な味を捨て、甘い混ぜ物を求め、大金を投じて
挙げ句すべてを失い借りを作るのを私は見てこなかったか
やつらは外見にこだわり破産した、かわいそうな成功者だ。
いや、私はあなたの心に忠実でありたい
粗末だが心からのこの贈り物を受け取ってくれ
二級品は混ざっていないし、策略も知らないが
ただ、互いに取り交わし、あなたに私を捧げるだけだ。
　うせやがれ、金で雇われた告発者め。誠実な魂は
いかに非難されても、おまえの言いなりにはならぬ。

百二十六

おお、わが愛する青年よ、気紛れな「時」の砂時計も
命を刈り取る「時」の鎌もあなたは手中にしている。
あなたは年を重ねるほどに美しくなり
美しいあなたが美しくなるほど、友人たちの老いが際立つ。
破壊を支配下に置く女王である自然の女神は
あなたが前進するとそのつどあなたを引き戻す
あなたを身近に置こうとするのは、自分の技量を駆使して
「時」に恥をかかせ、惨めないっ時を滅ぼすためだ。
しかし、女神が愛してやまぬ人よ、女神を信じるな
女神は宝物のあなたをいっ時引き止めても、永久には守れない。
女神の決算は遅れることがあれ、いつかは行わねばならぬ
その決算とは、あなたを「時」に引き渡すことだ。

百二十七

かつては黒が美しいとは思われなかった
そう思われても、美という名は与えられなかった。
ところが、今では黒が美の正統な相続人となり
色白の美は私生児の辱《はずかし》めに甘んじている。
というのも、誰もが自然の力を盗み取り
技から借りた偽りの顔で醜を美に変えたときから
本来の色白の美は名声も聖なる住まいも失い
冒瀆《ぼうとく》され、それほどではなくても恥辱のうちに生きている。
だからこそ、私の恋人の目は烏《からす》のように黒く
その目は黒衣をまとい、美しく生まれてもいないのに
美しく見せかけ、偽りの飾りで、自然の
創造力を辱める人々の喪に服しているかのようだ。
　しかし、その目がいとも優雅に嘆き悲しむので
誰しもが言う、美はそんな色であるべきだと。

百二十八

わが妙《たえ》なる音楽よ、おまえがあの至福の鍵盤をかき鳴らし
その動きがおまえの美しい指に合わせて調べを奏でるとき
おまえが弦の和音をやさしく操り
私の耳を酔わしめるとき
おまえの柔らかい手の平にキスしようと
軽快に飛び跳ねる鍵盤に私は幾度、嫉妬したことか
キスの収穫を刈り取るはずの私の哀れな唇は
鍵盤の大胆な動きを赤面しつつ傍観するだけ。
こんなふうに軽くくすぐられるなら、私の唇は
おまえの指が軽やかにステップを踏み踊る
鍵盤と地位や境遇を取り替えたい
指は生きた唇より死んだ鍵盤を幸せにしてくれるのだから。
　厚かましい鍵盤はそれだけで大いに幸せなのだから
キスのために連中にはその指を、私にはその唇をおくれ。

百二十九

肉欲の行為とは恥ずべき乱行の末に
精力を使い果たすこと、また肉欲は
行為を遂げるまで、嘘をつき殺し血を流し罪深く
野蛮で過激で暴力的で残忍で信用し難い
堪能したとたん蔑《さげす》まれ
理性を超えて求められ、ものにするや
理性を超えて憎まれる、飛びついた人を狂わすために
仕掛けられた餌を飲み込んだときのように。
狂ったように追い求め、狂ったようにものにする
行為の後も最中もその前も限界を超え
行為の最中は至福を、行為の後には悲哀を味わう
事前には悦びが見え、終わってみればいっ時の夢。
　こんなことは人はみな先刻承知だが、誰も知らない
　こんな地獄へ人を導く天国を避けるすべは。

百三十

私の恋人の目は太陽にはまったく似ていない。
珊瑚《さんご》のほうがあの女の赤い唇よりはるかに赤い。
雪が白いとすれば、あの女の乳房はなんと鈍い褐色。
髪が金属の糸だとすれば、あの女の頭には黒い糸が生えている。
ピンクや赤や白の薔薇を見たことがある
しかし、あの女の頰にそんな薔薇は見たことがない
私の恋人が吐き出す息よりも
もっとかぐわしい香水だってある。
あの女の話す声は好きだが、しかし
それよりはるかに心地よい響きの音楽もある。
なるほど私は女神が歩くのは見たことがない
私の恋人はいつも大地を強く踏みしめて歩く。
　しかし、天にかけて思う、私の愛する人は
わざとらしい比喩で描かれたどの女よりも素晴らしいと。

百三十一

おまえは黒いのに暴君のように振る舞う
美貌に驕《おご》り残酷になる女たちに負けないくらいに。
おまえはよく知っているからだ、深く溺愛するわが心には
おまえこそ最高に美しく貴い宝石だということを。
しかし、正直言って、おまえを見て、その顔には恋人に
苦悶《くもん》の溜息をつかせるほどの魅力がない、と言う人もいる。
間違いだと公然と主張する勇気はない
内心ひそかに間違いだと思ってはいるけれど。
その思いが偽りではないことを立証するかのように
おまえの顔を思い浮かべるだけで
次々に漏《も》れる千の苦悶の溜息が証人となる
私の審判によれば、おまえの黒が最高に美しいことの。
　おまえが黒いのはおまえの行為だけ
思うに、そのせいでそんな悪口も生まれるのだ。

百三十二

おまえの目が好きだ、その目は、おまえの心が
私を軽蔑し苦しめるのを知って、私を憐れむかのように
黒の喪服を身につけ、やさしい追悼者となり
ふさわしい憐れみをこめて私の苦悩を見つめている。
確かに、天に昇る朝の太陽は
東の空の灰色の頬にさほどふさわしくはない
また、夜を招き寄せる宵の明星も
地味な西の空に半分も輝きを与えてはいない
喪に服する両の目がおまえの顔に似合うのと比べて。
おお、喪服がおまえを美しくしているのだから
おまえの心も私を嘆くのにふさわしく装い
喪服を纏《まと》って全身でおまえの憐れみを示してくれ。
　そうしてくれたら、誓って言おう、美そのものが黒であり
おまえの顔の色と異なるものはどれも醜いと。

百三十三

私の友人と私にあれほどの深手を負わせて
私の心を呻《うめ》かせるあの心が憎い。
私ひとりを苦しめるだけでは足りず
最愛の友人までも奴隷の奴隷にしないといけないのか。
おまえの残酷な目は私を私自身から奪い去るだけでなく
さらに残酷にも私の分身の友人をも飲みこんでしまった。
私は友人と私自身とおまえを奪われ
こんな苦しみを受けるのは三の三倍の拷問だ。
私の心はおまえの鋼の胸の独房に閉じこめてもいいが
しかし、友人の心は私のあわれな心に閉じこめておこう。
誰が私を収容しようと、私の心を友人の独房にしておけば
おまえも私の独房では残酷なまねはできまい。
　しかし、おまえならやりかねない、おまえの中に閉じこめられて
私も私の中のすべてもおまえのものたらざるをえないのだから。

百三十四

こうして、私の友人がおまえのものであり、私自身
おまえの欲望のままになる抵当《ていとう》だと認めたからには
私自身が借金の抵当《かた》になっても構わない、分身の友人を
返してくれて、ずっと私の慰めになるものなら。
しかし、おまえはそうはしないし、かれも自由になりたくないだろう
おまえは貪欲でかれは言いなりになる人だから。
かれは自分をも強く拘束するあの証文に
私のために保証人となって裏書することも辞さなかった。
あらゆるものに利息を付けて貸し出す高利貸しめ
おまえは自分の美で得た証文の権利を行使して
私のために債務者となった友人を訴えるという
それで私はおまえの不当な仕打ちにより友人を失うはめになる。
　私はかれを失ったが、おまえはかれと私をものにした。
かれは全額を払ったのに、私はいまだ自由になれない。

百三十五

他の女はさておき、おまえにはおまえのウィルがいて
おまけに別のウィルがいて、さらに余計なウィルまでいる。
常におまえを困らせる私は、おまえのやさしい欲望に
こうして仲間入りすればはみ出し者になるだけだ。
大きくて広大な欲望を持っているなら、一度でいい
私の欲望もその中に包み込んでくれないか。
他の男たちの欲望が叶《かな》えられているらしいが
私の欲望も気前よく受け入れてはもらえまいか。
海はすべて水だがそれでも雨水を常に受け入れ
すでに豊かでありながらその蓄えを増やしている。
豊かな欲望をもつおまえも、おまえの欲望に
私の欲望を加えその大きな欲望をもっと大きくするがいい。
　すげない返事でやさしい求婚者たちを殺さないでほしい
すべてのウィルを一人とみなし、私もその中に加えておくれ。

百三十六

私がねんごろすぎるとおまえの心がおまえを叱るようなら
私こそおまえのウィルだとおまえの盲目の心に言ってくれ
おまえの心がよく知るウィルならそこに入れてもらえよう。
お願いだからそれぐらいは私の愛の願いを叶えてくれ。
ウィルがおまえの愛の宝庫を満たしてくれよう
そう、多くのウィルで一杯にするがいい、私のウィルもその一つ。
どれだけでも受け入れられる場合、多数の中の一つは
数のうちには入らぬことも簡単に証明できる。
だから、数の中に紛らせて、私を数のうちに入れないでくれ
おまえの資産目録の中の私も一品ではあるけれど。
私をゼロと思ってくれていい、ただし、そのゼロの私を
おまえの大切な人と考えてくれるなら。
　私の名前だけをおまえの恋人にして常に愛してほしい
そうすれば私を愛することになる、私の名前はウィルなのだから。

百三十七

盲目の道化、キューピッドめ、私の目に何をしでかしたのか
この目は見てはいるが、見ているものが見えていないではないか。
美とは何か、美はどこにあるか分かっていながら
最悪のものを最善だとつい思いこんでしまう。
あまりにも贔屓目《ひいきめ》に見たせいで歪《ゆが》められた目が
どんな男でも乗り入れる入り江に錨《いかり》を下ろしたからといって
なぜおまえは私の目がつく嘘で塗り固めた釣り針で
私の心の識別力まで釣り上げようとするのか。
私の心は、広大な世間の共有地だと分かっていながら
あの女を個人の私有地だとなぜ思いこんでしまうのか。
あるいは、私の目はこれを見て、それは違うと言い
これほど醜い顔に美しい誠実さをなぜ装わせようとするのか。
　私の心と目は真に誠実な女性を見誤り
　この不実な悪疫《あくえき》の虜《とりこ》になっている。

百三十八

私の恋人が自分は貞節そのものよと誓えば
嘘と知りつつほんとうだと信じてあげる
それは、私が、世間の騙《だま》しの手口を知らない
いまだ未熟な青年だと思わせるためだ。
私がとっくに盛りを過ぎたのをあの女は知りながら
まだ若いと思っていると私は愚かにも思いこみ
女の嘘つきの舌を無条件に信じる。
こうしてどちらも紛れもない真実を隠し合う。
しかし、なぜ女は自分の不実を認めないのか。
また、なぜ私は自分の老いを認めないのか。
おお、愛のとっておきの装いは誠実を装うことだ
恋する老人は年齢を暴露されるのを好まない。
　だから、私は女と女は私と寝て嘘をつき
互いに欠点を嘘で塗り固めて満足している。

百三十九

おお、おまえの残酷な振舞いが私の心を苦しめているのに
そんな苦しみの弁護を私にさせるのはやめてくれ。
傷つけるなら視線ではなく言葉にしてくれ。
力の限り力を振るってもいいが、策を弄《ろう》して殺さないでくれ。
他の男たちを愛していると言ってもいいが、愛しい人よ
私の目の前で秋波を送らないでくれ。
おまえの力は私にはとうてい抗《あらが》えないほど大きいのに
なぜ策を弄してまで私を傷つけないといけないのか。
おまえになり代わって弁護させてくれ、「ああ、私の恋人は
自分の思わせぶりな視線が私の敵であったことを
よく弁《わきま》えているので、私の顔から視線をそらし
他の男たちに矢を放ち傷つけようとしているのだ。」
　しかし、それだけはしないでくれ、私は死にかけているから
視線で一気に私を殺して、この苦しみを取り除いてくれ。

百四十

おまえは残酷であるのと同じくらい賢くあれ
私の無言の我慢を過度の軽蔑で押し潰《つぶ》してはいけない
悲しみが私に言葉を与え、言葉が
憐れんでほしい私の苦悩の真相を話してしまわないように。
おまえに知恵を授けてもよければ、愛する人よ
愛していなくても、愛していると言ったほうがいい
いらついている病人は、死期が迫ると、医者から
またよくなるよとの言葉以外、聞きたがらないように。
万一、一切の望みが絶たれたら、私は発狂し
発狂しながらおまえを誹謗中傷するかもしれない。
すべてを曲解する今の世は堕落し切っているから
狂った連中の中傷だって狂った聞き手なら信じるだろう。
　私の言うことが信じられて、おまえが中傷されないように
おまえの傲慢《ごうまん》な心が他人に向かおうと、目は私を見据《みす》えるがいい。

百四十一

確かに私は見た目でおまえを愛してはいない
目はおまえのうちに千の欠点を見ているのだから
しかし、目が見下すものを愛しているのは私の心だ
見た目がどうであれ、心はおまえを溺愛してやまない。
耳もおまえの声の調べに満足はしていない
繊細な触覚もおまえの卑しい愛撫は望まない
味覚も嗅覚も、おまえとの密やかな
官能の饗宴に招かれるのは望んでいない。
しかし、私の五つの知力や五感をもってしても
私の愚かな心がおまえに仕えるのを止められない
私の心は人間の抜け殻同然の肉体を振り捨て
おまえの傲慢な心に仕える惨めな奴隷になり下がっている。
　ただし、私の恋煩《わずら》いが私の利益になるのは
私を罪に導くおまえが、苦悩という罰を私に授けるからだ。

百四十二

愛は私の罪、憎しみはおまえの貴重な美徳
罪深い愛から生まれた私の罪に対する憎しみだ。
おお、私の情況とおまえの情況を比べさえすれば
私の状況が非難に値しないことが分かろうものを。
非難するにせよ、おまえの唇からされるのは筋違い
その唇はおのが深紅《しんく》の衣を汚し
私の唇と同じくらい何度も愛の偽りの契約書に捺印《なついん》し
他の女たちの寝台の当然の収入を奪ってきたのだから。
私の目がおまえを追い求めるように、おまえの目が誘惑する人々を
おまえが愛するように、私もおまえを愛していいだろう。
おまえの心に憐れみを深く植えこめ、それが成長し
人の憐れみにふさわしいものになるように。
　おまえが人には拒む憐れみを人に求めたりしたら
おまえの前例にならって、おまえも拒まれるだろう。

百四十三

ごらん、苦労の絶えない主婦が走り出し
逃げた鶏の一羽を捕まえようとする
幼子《おさなご》を放り出し、引き止めておきたいものを
追いかけて全速力で駆けてゆく
捨て去られた幼子は母のあとを追い
泣き叫び縋《すが》りつこうとするけれど
母は目の前を逃げ去る鶏を夢中で追う
哀れな幼子の不満など念頭になく。
同じように、おまえもおまえから逃げるものを追う
幼子の私ははるか後方からあとを追う。
しかし、望む獲物を捕まえたら、引き返して
母親の務めを果たし、キスをしてやさしくしておくれ。
　引き返して泣き叫ぶ私をなだめてくれたら
　おまえのウィルをものにできるよう祈ってあげよう。

百四十四

私には慰めと絶望という名の二人の恋人がいる
二つの霊のように常に私を誘惑する
良い天使はとても美しい男性だ。
悪い霊は黒い色の女性だ。
私をすぐに地獄に引きこむために、悪霊の女は
私の善天使を私の傍から誘い出し
邪悪な欲望でかれの純潔をかきくどき
私の聖人を堕落させ、悪魔に変えたがる。
私の天使が悪魔に姿を変えたのではないかと
疑ってはみるのだが、確かなことは分からない
しかし、どちらも私から離れて、互いに親しくなり
男の天使は女の地獄にはまっているらしい。
　しかし、私にはよく分からないが、疑って生きるしかない
私の悪い天使が良い天使に性病をうつし追い出すまでは。

百四十五

愛の女神が自らの手で作ったあの唇が
「私は大嫌い」という言葉を吐き出した
その女のせいで恋にやつれた私に向かって。
しかし、私の悲嘆に暮れる様子を目にすると
たちまち女の心に慈悲が入りこみ
いつもは慈悲深い判決を下している
ふだんは心やさしいあの舌を叱りつけて
こう新たに言い直すよう教えた。
女は「私は大嫌い」に言葉をつけ加えた
その追加はまさに、夜の後に穏やかな昼が続き
夜が悪魔のように、天国から地獄へ
逃げ去ったかのようであった。
　女は「私は大嫌い」を憎しみの届かぬ彼方《かなた》へ投げ捨て
「君が、ではない」をつけ加えて、私の命を救ってくれた。

百四十六

私の罪深い土くれの肉体の中心にある哀れな魂よ
おまえを包囲し攻撃する情欲の反乱軍に悩む魂よ
外壁は金をかけて華麗に飾り立てながら
なぜ内部はやつれ飢餓に苦しむのか。
ほんの短期間借りただけのおまえの老い朽ちる屋敷に
なぜそんなに大金をかけたりするのか。
こんな過剰な贅沢《ぜいたく》を相続する蛆虫らに
おまえの経費を消尽させるためか。それがこの肉体の末路《まつろ》か。
されば、魂よ、おまえの召使いたる肉体を犠牲にして生きよ
肉体をやつれさせ、おまえの内面を豊かにせよ。
無価値な時間は売却し、聖なる永遠の時を買え。
外面を飾るのはもう止めにして、内面を養え。
　こうしておまえは人間を食らう死を食らうがいい
死がひとたび死ねばもはや死ぬことはありえない。

百四十七

私の愛は熱病みたいなもの、絶えず
この病をことさら悪化させるものを求め
病を引き伸ばすものを貪り食って
気紛れで不健康な欲望を満たしている。
私の愛の主治医である私の理性は
処方箋《せん》が守られないことに怒り、私を見放した。
助かる見込みがなくなり私は身をもって知った
医学の禁じる欲望が死につながることを。
理性に見放された今となっては回復の見込みもない
絶えざる不安に見舞われて私は錯乱している
私の思いも言葉も狂人のそれだ
支離滅裂で真実からはほど遠い。
　おまえは美しいと誓い、輝いていると思ったのに
地獄のように黒く、夜のように暗いのだから。

百四十八

ああ、愛は私の顔にとんでもない目を埋めこんだ
私の目に見えるのは真の姿とは似て非なるもの。
似てるというなら、私の判断力はどこへ逃げこんだのか
目が正しく見ているのにその評価を間違えるとは。
私の頼りない目が溺愛するものが美しいとしたら
世間がそうでないと言うのはなぜか。
そうでないとしたら、私の愛が正しく証明している
愛の目は世間の目ほど正直ではないと。そうだ
不眠と涙にこんなにも苦しむ愛の目に
どうして、おお、どうして真実など見えようか。
だから、私が見間違えたって驚くにはあたらない
太陽でさえ空が晴れるまでは何も見えないのだから。
　おお、ずる賢い愛め、おまえが私の目を涙で曇らすのは
　よく見える目からおまえの醜い欠点を隠さんがためか。

百四十九

おお、残酷な人、私を敵視しておまえの味方でいるのに
私がおまえを愛していないと言えるのか。
暴君め、自分を棚に上げておまえに尽くしているのに
おまえのことを思っていないとでもいうのか。
おまえを憎む人を私は友と呼んだりするだろうか。
おまえが眉をひそめる人にへつらったりするだろうか。
いや、おまえが私にいやな顔をすれば、私は即座に
悲嘆に暮れて、私自身を罰しはしないだろうか。
おまえに仕えるのが馬鹿らしく思えるほど
素晴らしい才能が私の中にあると思っているだろうか
おまえの目の動きの言いなりになって
才能の限りを尽くしておまえの欠点を称えているのに。
　しかし、愛する人よ、憎み続けるがいい、ようやくその心が分かった
　おまえはよく見える人を愛するが、私は盲目だ。

百五十

おまえは欠点によって私の心を支配し
私の真実を見抜く目を嘘つきと私に言わせ
昼を引き立てるのは色白の美人ではないと私に誓わせる
それほど強力な権限をどこぞの神からおまえは得たのか。
ゴミにも比すべきおまえの最悪の行為にも
能力の強力な保証が認められるので
おまえの最悪が他人の最善を超えるように思える
醜いものをこれほど美しく見せる術をどこから得たのか。
おまえを憎む正当な理由を見聞きすればするほど
おまえをますます好きにさせる術を誰から教わったのか。
おお、私は他人が忌《い》み嫌うものほど好きになるけれど
そんな他人に倣《なら》ってこんな私を忌み嫌ってはいけない。
　おまえの無価値がおまえを愛させたとしたら
私こそおまえに愛される価値のある男だ。

百五十一

愛が未熟すぎると罪の意識が何かは分からないが
罪の意識が愛から生まれることは誰でも知っている。
だから、やさしい裏切り者よ、私の罪を責めないでくれ
美しいおまえこそ私の罪の元凶と言われないためにも。
おまえが私を裏切るので、私も気高い魂を
裏切り、卑しい肉体の反逆に委ねるのだ。
魂は肉体に命じ、愛に勝利するようにと言う。
肉体はそれ以上の言葉を待つまでもなく
おまえの名前を聞いただけで蜂起し、おまえこそ
勝利の戦利品だと指差す。欲望に膨《ふく》れ上がり
おまえの惨めな奴隷の身に甘んじて
おまえのために立って、おまえの傍で死に絶える。
　私に罪の意識がないなどとは思わないでくれ
あの女を恋人と呼び、その愛のために立って死のうとも。

百五十二

おまえを愛して、確かに私は誓いを破ったが
おまえは私に愛を誓って、二度も誓いを破った
現に婚姻の誓いを破り、新しい愛人ができると
新しい憎しみを抱き、私との新しい約束を反故《ほご》にした。
しかし、二度誓いを破ったことでおまえを非難できようか
私は二十回も破ったのに。私は札つきの嘘つきだ
私の誓いはすべておまえを騙すためにすぎない
おまえのせいで私の誠実さはことごとく失われた。
私はおまえの誠心誠意を誓って疑わなかった
おまえの愛も誠実も貞節も誓って信じた
おまえを輝かそうと、真実にも目をつぶり
目に見えるおまえと違うことを目に証言させた。
　おまえは美しいと私は誓った、真実に抗《あらが》い
そんな醜い嘘をつく私の目はなんたる嘘つきか。

百五十三

愛の神キューピッドは松明《たいまつ》を傍に置き眠っていた。
純潔の女神ダイアナに仕える処女がこの好機を捕らえ
恋の炎を掻き立てる松明を素早く
近くの谷間の冷たい泉に浸した。
泉はキューピッドの聖なる炎から
永久に燃え続け命を育む熱を受け取り
煮えたぎる温泉となり、難病奇病を治す
最高の湯治場《とうじば》であることは人のよく知るところだ。
ところが、愛の松明は、私の恋人の目を見て再び燃え上がり
少年は試しに私の胸を焦がさずにはいられなかった。
それがため私は病を得て、温泉の助けを借りるべく
急いでこの地を訪れ、痛ましい湯治客となった。
　しかし、何の効験もなかった、私を治す温泉は
キューピッドが新たな炎を得た、私の恋人の目であった。

百五十四

少年のキューピッドがあるとき横たわり眠っていた
心に火をともす松明を傍に置いて
生涯、純潔を守ると誓った多くの乙女らが
軽快な足取りで通りかかった。もっとも美しい乙女が
処女の手で、無数の恋人たちの真心を
熱くしてきた松明を取り上げた
そうして、熱い情熱の最高指揮官は
眠る間に処女の手で武装を解かれた。
この松明をかの女が傍の冷たい泉に浸すと
泉はキューピッドの火から永遠の熱を受け取り
温泉となり、病める人々を治す
湯治場となった。しかし、恋人の奴隷である
　私はそこに治療に来て学んだ
愛の火は水を熱くすれど、水は愛を冷《さ》ましはせぬと。

解説

『シェイクスピアのソネット集』（以下『ソネット集』と略記）は『ハムレット』と並んで今なお原文でよく読まれるベストセラーのひとつであり、その作品に焦点を絞って書かれた研究書の数がもっとも多い作品のひとつでもある。その最大の理由は、『ソネット集』がシェイクスピアが一人称の「私」で書いた唯一の作品だからである。かれが生前に書いたであろう手紙も日記も発見されていない。かれが詩論や演劇論や人生論を書いた形跡もない。われわれがそのようなものを書こうとすれば、具体的な作品から帰納的に抽象化して作り上げるしかない。『ソネット集』を読むことによって、シェイクスピアそのひとのものの考え方や世界観や演劇観や恋愛観などに触れ、再構成できるかもしれないという期待が読者の心の中に生まれるのもしごく当然である。ワーズワス（William Wordsworth, 1770-1850）が「ソネットを軽蔑してはならぬ」（一八二七）というソネットの中でいみじくも言ったように、『ソネット集』という「この鍵を使ってシェイクスピアはかれの心の扉を開いた」のである。ただし、どこまで開いたかは永遠の謎である。

今ひとつの理由は、『ソネット集』が物語るストーリーの過激なスキャンダル性にある。美しい青年に対する詩人の同性愛的恋情と、詩人と詩人の愛人の黒い女性と美青年の間の三角関係という刺激的なストーリーは、今ならさしずめ芸能週刊誌の格好の標的になりそうな題材である。これまで多くのシェイクスピア学者が美青年や黒い女性や共通のパトロン（文芸後援者）をめぐるライバル詩人のモデル探しに躍起になり、多くの論文や研究書がおそらく無駄に書かれてきた。その大部分は客観的証拠に欠ける憶測にすぎなかった。

『ソネット集』で実名で登場するのは、作者自身と美青年と黒い女性の夫（いずれもウィル、というソネットの記述を信じるとすれば——ソネット百三十五番参照）、および作者の妻のアン・ハサウェイである。作者は愛称のウィルが言葉遊びの形で、妻はその名が一種の隠し絵のような形で登場する。この点に関しては、アンドルー・ガー（Andrew Gurr）が一九七一年に、ソネット百四十五番の十三行目の "hate away" が Hathaway の言葉遊びであることを発見し、スティーブン・ブース（Stephen Booth）が一九七七年に十四行目の "And" が当時 an と発音されたことから、Anne の言葉遊びであると指摘している。

モデル探しが始まったそもそもの発端は、一六〇九年に『ソネット集』をおそらく作者に無断で出版した出版業者のトマス・ソープ（Thomas Thorpe）が巻頭につけた献辞にある。この詩集はその生みの親ともいうべきW・H氏に献呈されている。この人物と作中の美青年を同一視して、モデル探しが始まったのである。このようなアプローチの背景にあるのは、『ソネット集』を作者の自叙伝として読もうとする姿勢である。すなわち、作中の詩人とシェイクスピア個人を同一視する姿勢である。この姿勢は、モデル探しに止まらず、作品の個々の解釈や作品の制作年代の決定にまで影響を及ぼしていく。『ソネット集』は、作者自身の経験や個人的な考え方を踏まえて書かれているとしても、虚構作品である以上、生の形で表現されるはずはなくて、一定の変形のプロセスを経ていると言えよう。

ところで、ソネット（sonnet）という言葉はイタリア語の sonetto からきている。それはもともと「小さな音」（a little sound）を意味する言葉であった。このソネットという詩形は十三世紀のイタリアに起源を発し、ダンテ（Dante, 1265-1321）などによって書かれたが、もっとも大きな影響力を発揮した詩人はペトラルカ（Petrarch, 1304-1374）である。彼の十四行詩は、abba abba cde cde（または cd cd cd）という韻を踏み、the Italian or Petrarchan sonnet と呼ばれている。それは前半八行（octave）と後半六行（sextet または sestet）という二つの部分からなる。

一方、現在the Shakespearean sonnetと呼ばれている詩形は、かれの独創ではなくて、サリー伯爵（Henry Howard, Earl of Surrey, 1517?-1547）がおそらく始めたものであり、三つの四行連句（quatrain）と韻を踏む二行（a rhymed couplet）からなり、abab cdcd efef ggという韻を踏む。

イギリスでは一五九〇年代にソネットの連作（sequenceとかcycleという）ブームが起きた。そのブームの口火を切り、絶大な影響力を振るったのは、一五九一年に著者の許可を得ずに出版された、フィリップ・シドニー（Sir Philip Sidney, 1554-1586）の『アストロフェルとステラ』（*Astrophil and Stella*）である。

シェイクスピアの『ソネット集』に関して知られている客観的事実はわずかである。まず、一五九八年に、フランシス・ミアズ（Francis Meres, 1565-1647）が、その著『パラディス・タミア――知恵の宝庫』（*Palladis Tamia: Wits Treasury*）の中で「ユーフォーブスの魂がピタゴラスのうちに生きていると考えられたように、オヴィドの甘美で機知に富んだ魂が蜜のように甘く滑らかなシェイクスピアのうちに生きている。それが証拠に、かれの『ヴィーナスとアドーニス』や『ルークリース』、かれの親しい友人の間で回覧されている甘美な『ソネット集』を見るがいい」と述べて、シェイクスピアの『ソネット集』に初めて言及した。この詩集が出版される十一年も前にすでに、その一部分が親友の間で回覧されていたのである。つまり、当初、作者には『ソネット集』を出版する意図はなかったということである。さらに、その翌年の一五九九年に、出版業者のウィリアム・ジャガード（William Jaggard）が、シェイクスピア作と称して出版した『情熱の巡礼者』（*The Passionate Pilgrim*）の中に、シェイクスピアのソネットが二編（百三十八番と百四十四番）含まれている。他に『恋の骨折り損』（*Love's Labour's Lost*）の三つの抜粋もあるが、それ以外は他の作者の作品である。

『ソネット集』は一六〇九年になってようやく、出版業者のトマス・ソープによって四つ折本の形で出版された。すでにソネットブームも去ってしまった一六〇九年までなぜ出版が遅れたのであろうか。その理由は推測する以外ないが、『ソネット集』の内容にあるのかもしれない。仮に美青年や黒い女性に具体的なモデルが存在していたとしたら、出版がはばかられるからである。また、明らかに男性同士の同性愛を歌った詩は、当時であれば、堂々と出版できるようなものではなかったであろう。『ヴィーナスとアドーニス』（*Venus and Adonis*, 1593）と『ルークリース』（*Lucrece*, 1594）の二編の物語詩には、サウサンプトン伯爵ヘンリー・リズリー（Henry Wriothesley, Third Earl of Southampton, 1573-1624）にあてた作者自身の献辞がついているのに、なぜか『ソネット集』にはなくて、代わりに出版業者ソープによる、W・H氏にあてた献辞があるのだ。果たしてソープはシェイクスピアの許可を得て出版したのか、つまり、この詩集は作者によってオーソライズされたものか、この点について、新しいアーデン版（第三シリーズ）の編者であるキャサリン・ダンカンジョーンズ（Katherine Duncan-Jones）のように肯定する学者もいるが、いまだに論争の的になっている。

このW・H氏と美青年を同一人物とみなす学者らによって、多くの候補者の名前が取りざたされてきたが、今では、有力候補者は二人の貴族に絞られてきている。一人は今しがた挙げたヘンリー・リズリーである。この人物の場合はなぜかイニシャルが逆になる。今一人は、シェイクスピアの死後に出版された戯曲全集である第一・二つ折本（*The First Folio*, 1623）が献じられた貴族のペンブルック伯爵、ウィリアム・ハーバート（William Herbert, Third Earl of Pembroke, 1580-1630）である。ハーバートは、ニューシェイクスピア版の編者であるドーヴァー・ウィルソン（John Dover Wilson, 1881-1969）やダンカンジョーンズのような有力な支持者を今なお持っている。仮に、この二人のどちらかが美青年のモデルだとしたら、貴族のパトロンに献呈されなかった理由が理解できようし、堂々と出版できなかった理由にもなろう。

この『ソネット集』の後に、冒頭のタイトルページには書かれていなかった、『恋人の嘆き』（*A Lover's Complaint*）が付録としてつけられている。これはサミュエル・ダニエル（Samuel Daniel, 1562-1619）がソネット集『ディーリア』（*Delia*, 1592）の後に、『ロザモンドの嘆き』（*The Complaint of Rosamond*）をつけた例にも見られるように、当時の伝統にシェイクスピアも従っているのである。『恋人の嘆き』は、弱強五歩格（iambic pentameter）の七行が一連をなすライムロイヤル（rhyme-royal）という詩形で書かれていて、ababbcc のように押韻している。『恋人の嘆き』は、プレーボーイの美青年に若い処女の女性が騙されるという話であり、その女性によって語られている。この詩はしかし、かつては評価が低く、かの有名なルイス（C. S. Lewis, 1898-1963）にいたっては、『演劇を除く十六世紀イギリス文学』（*English Literature in the Sixteenth Century Excluding Drama*, 1954, p. 502）の中で、「ライムロイヤルで書かれた出来の悪い不倫の歌であり、本文には間違いが多く、詩的にもほとんど価値がなく、用語的にもシェイクスピアらしくない」とまで酷評している。現在では、しかしながら、シェイクスピア作とみる見方が定説となっている。

次に『ソネット集』が出版されるのは一六四〇年である。『ヴィーナスとアドーニス』が生前に十回、『ルークリース』が六回版を重ね人気を博したのに対して、『ソネット集』が生前に版を重ねることがなかった理由も、やはりその内容にあるのかもしれない。作者の死後二十四年たって『ソネット集』を出版したのはジョン・ベンソン（John Benson, ?-1667）である。これは海賊版であり、『ウィル・シェイクスピア詩集』（*Poems by Wil. Shakespeare*）と題され、一六〇九年版をもとにした、八篇を除いた百四十六篇のソネット、『恋人の嘆き』、『情熱の巡礼者』、「不死鳥と山鳩」（The Phoenix and the Turtle）というシェイクスピアの詩以外にその他の詩人たちの詩も加えた寄せ集めであった。ベンソンは、二、三のソネットをまとめて一つの詩のように印刷し、それに短いタイトルをつけ、代名詞を男性から女性に変え、歌われているのは男性の同性愛ではなく、男性の詩人が美しい女性を讃えるという、伝統的なソネットに見せかけようと涙ぐましい努力をしている。このことは、一六四〇年頃のイギリスでは、シェイクスピアの『ソネット集』を一六〇九年版のままで出版するのはもはや困難であったという事態を反映しているのかもしれない。

一六〇九年の四つ折本に基づく最初のテキストは、一七一一年に無名の編者によるものがバーナード・リントット（Bernard Lintott, 1675-1736）によって出版された。しかし、この四つ折本によった本格的なテキストは、一七八〇年にエドマンド・マローン（Edmund Malone, 1741-1812）によって編集されたものである。このテキストは、ロリンズ（H. E. Rollins, 1889-1958）の言葉を借りて言えば、「学者にとどめの一撃」を与えるほど画期的なものであった。

『ソネット集』は二つの部分からなっている。ソネットの一番から百二十六番までが第一部であり、美青年を歌う詩群であり、百二十七番から百五十四番までが第二部であり、黒い女性を歌う詩群である。ただし、最後の二つのソネットを第二部に含めない学者もいる。第一部の冒頭の一番から十七番のソネットは、ひとつのテーマ、すなわち、青年に結婚を勧め、子供を生み、その美貌を子孫に伝えるように諭すというテーマを扱う詩群である。さらに、第一部の中の、七十六番、七十八番から八十番、八十二番から八十六番は、シェイクスピアのライバル詩人をめぐる詩群である。

出版業者ソープが付した献辞の最大の謎は、やはりW・H氏であろう。かれは以下のソネットを生み出した最大の貢献者であり、原文では"THE. ONLY. BEGETTER."とあり、詩的霊感を刺激してくれた人、生みの親と取れれば、ソネットの一番から十七番で展開される、子供を生み、青年の美質を後世に伝えよよというテーマを先取りしている言葉とも取れる。シェイクスピアには、「われらが永遠（不滅）の詩人」("OVR. EVER-LIVING. POET.")という最大級の、神にも比すべき呼称が与えられている。ソープは自分のことを「善意をもって出版を企てる者」と言っているのは、この詩集を出版しようとするソープには、W・H氏にも作者にもとりたてて悪意はないと言いたかったのだろうか。当時は詩集はしばしば貴族のパトロンに献呈された。W・Hにミスターないしはマスターを付けたのは、貴族の身分を隠すためであろうか。これも解明を拒否する謎のひとつである。

シェイクスピアは『ソネット集』を書き始めるにあたり、初めに全体の構想を明確に持ってはいなかったように思える。書き続けながら、次のソネット群について考えていき、今のような全体の構成が出来上がったのではないか。この『ソネット集』を書き上げるのにかなりの時間をかけたという比較的新しい説もあり、私自身もこの説に賛同するものである。以下に述べる事柄はあくまでも少し大胆な仮説である。

シェイクスピアの二編の物語詩である『ヴィーナスとアドーニス』と『ルークリース』は、出版、公開を目的に書かれたものであり、いずれの冒頭にもサウサンプトン伯爵にあてた作者自身の献辞が添えられている。出版されたテキストも信頼できるものであり、印刷の過程でシェイクスピアが校正に加わっていたと考えられている。作者が細心の注意を払って出版したものである。

ところが、『ソネット集』のほうには作者の献辞はなく、かわって出版業者のトマス・ソープの謎めいた献辞が添えられている。テキストの校正に作者はなんら関与していなかったと考えられている。すでに述べたように、十六世紀末に『ソネット集』が、作者の友人の間で原稿の形で回覧されていたという同時代の証言があり、そのうちの二編が、作者の承諾なしに無断で出版されている。問題は、一六〇九年に初めて出版された四つ折本が作者の承諾を得たものか否か、である。

新アーデン版の編者のキャサリン・ダンカンジョーンズは、この四つ折本が作者によってオーソライズされたテキストであるという立場を取るが、これはどちらかというと、少数派の立場である。私は、このテキストは作者の承諾を得ることなく、無断で出版されたのではないかと考えている。『ソネット集』の内容から考えても、シェイクスピアは個人的な、私的な詩集として書き始め、書き終わったあとも、かれ自身は、死後はいざ知らず、生前に公開する考えはなかったのではないだろうか。それが何かの手違いがあって、『ソネット集』の原稿が出版業者ソープの手に渡り、出版されてしまったのであろう。一六四〇年のベンソン版まで、一度も再版されなかった理由もそのあたりにありそうである。

シェイクスピアはまず、ある貴族の母親か誰か（それが誰であるかは、この際重要ではないし、証明もできないであろう）から依頼されて、若い貴族の男性に結婚を勧めるソネットを書き始めた。それはその青年の年齢と同じ十七編のソネットとなって結実したのかもしれない。

ソネット十八番から百二十六番までのソネット群でうたわれる青年は、十七番までの第一群の青年と同一人物であるか別人であるかという二つの可能性があり、どちらか一方が正しいと断定する証拠はない。一応、同一人物説が定説ではあるが、別人と考えると、いくつかの謎が解明される余地が生まれる。

ソネット第一群でうたわれている青年は、サウサンプトン伯爵であるかもしれない。第二群の青年はペンブルック伯爵であるかもしれない。これはあくまで推測であり、有力な二人のモデルをそれぞれにあてがっただけで、格別の根拠もない。ただし、ウィル・ソネットに仮に伝記的裏づけがあるとすれば、青年の名前も作者と同じウィリアムの可能性はあると言えよう。

それはともかく、別々の時期に書かれた二つのソネット群が、繋ぎ合わされた可能性はある。

ソネットの番号のニューメロロジカルな指摘のすべてとまでは言わなくとも、その多くが正しいとすると、ソネット第一群を書き上げたあと、それに続けて第二群を完成させたのかもしれない。そして二つの群に通し番号を与えたのかもしれない。ソネット十七番の最終行で示された、詩によって青年に永遠性を与えるというテーマが十八番以降で展開される。結婚して子供を作れという言葉は二度と聞かれなくなる。二つのソネット群の間には、微妙な連続性よりもはるかに大きな断絶が横たわっているのである。

第一群の中で作者が初めて「私」という言葉を使うのは、ソネット十番の九行目であり、それまでずっとこの言葉の使用を控えているのは、驚くべき忍耐力というほかない。しかも、青年に対する感情を「愛」という言葉で初めて表現するのも、同じソネットである。「やさしい愛」(十行目)という言葉は、原文では「私の」という言葉が省略されているので、限定のない一般的な、「憎しみ」に対立する概念とも取れる。しかし、念を押すかのように、十三行目では「私のことを愛しているなら」というより明確な形で表現される。しかし、この段階では、この「愛」は、「友情」とほぼ同じ意味に解してもいっこうに構わない使い方である。次に青年に「愛する人よ」と呼びかけるのは、ソネット十三番である。ちなみに、この十三番は、青年に親愛の情を表す「あなた」(thou)ではなく、改まった「君」(you)を使用する最初のソネットである。ただし、両者の使用法に厳密で明快な原則があるわけではない。それはともかく、この十三番で、詩人は青年に一行目と十三行目で「愛する人よ」と呼びかけているが、ここでも「友よ」と呼びかけるのとなんら変わらない用法である。

第一群で、詩人の青年に対する愛が明示的に表現されているのは、今見た十番と十三番だけであり、どちらも友情の域を出ない表現である。読者がこれらの表現に同性愛を読み取るのは、第二群の知識があるからであり、『ソネット集』を順番に読んでいけば、第一群の、詩人の青年に対する愛は、友情の意味であると理解できるし、それ以上でも以下でもないことが分かる。そのように理解すれば、同性愛的な愛の対象である青年に、女性との結婚を勧め、子をもうけることを勧めることに含まれる矛盾は解消されるのである。『ソネット集』は一貫して作者の視点から書かれており、青年がなかなか結婚に踏み切れないのは、かれが同性愛者だからであると見るのは間違った見方である。

さらに第一群で、詩人は自身の詩を謙遜していて、詩人の拙い詩には青年の美を表現するだけの力はないし、その美に永遠の命を付与する力もないから、子孫を作って、その連綿と続く子孫を通して、青年の美に永遠性を付与しなさいと、飽くことなく説き続けるのである。第一群のソネットは、シェイクスピアの作家としての経歴の、まだそれほど自信の持てない、ごく初期に書かれたもののように思える。

第二群の冒頭を飾るのが、かの有名なソネット十八番である。相対的に独立したソネット群の冒頭を飾るにふさわしい、堂々として自信に満ちたソネットである。第一群の自信なげな口調とは打って変わって、自作の詩を「永遠の詩」(eternal lines [十二行目]) と言い、人類が存在し続ける限り、この『ソネット集』が、青年に永遠の生命を付与すると宣言する。十八番になると、詩人の自己の詩に対する自信の程が一変するのである。

このソネット第二群でうたわれている青年は、第一群の青年とは別人格の青年であると考えるほうが、読者はこの第二群を素直に読んでいけると思う。

ソネット百二十六番は第二群を締め括る結びの歌 (envoy) であり、六組の韻を踏む二行からなる十二行の変則的なソネットである。それは、最後の二行が偶然散逸したのではなく、初めから、十二行で完結するソネットを作者が意図したものであると私は思う。そして、この中核をなすもっとも長い第二群も、相対的に独立していて、自己完結的であり、作者はここでひとまずペンをおき、次なる第三群はしばらく間を置いて構想されたと想定したい。

第三群を展開するもとになったのは、第二群に含まれる、三十三番から三十六番でそれとなく示唆された、青年の犯した罪と、四十番から四十二番までのソネットで描かれている、詩人の愛人の女性である。詩人の愛する青年が、詩人の愛人の女性を詩人から奪ったことが、第三群の展開の言わば種子の働きをしている。この第三群の「黒い女性シリーズ」も相対的に独立して、自己完結的である。百二十七番のソネットは、一転して黒い色の高らかな賛歌であり、これも独立した詩集の冒頭のソネットにふさわしいものである。第三群の黒い女性には、一貫して「おまえ」（thou）が使われている。そして第三群の最後を飾る、結びの歌としての百五十三番と百五十四番は、『ソネット集』全体ではなく、第三群の結びの歌であると思う。さらに、百五十四番は百五十三番の習作であり、習作の百五十四番が何かの手違いで紛れ込んでしまったものである。作者が印刷段階で校正していれば、削除されてしかるべきものである。百二十七番から百五十三番までのソネット群が第三群を構成している。

第二群の青年のモデルがウィリアム・ハーバートだとすれば、かれと一時期、愛人関係にあったメアリー・フィットン（Mary Fitton, 1578-1647）が第三群の黒い女性の有力候補になる。かの女は一五九五年頃からエリザベス女王の侍女として仕え、一六〇〇年にメアリーのほうが熱を上げ、ハーバートの愛人となり、一六〇一年三月に男の子を産んでいる（この子はまもなく死亡する）。ハーバートが結婚を拒否したため、女王の逆鱗に触れ、同年二月にかれは投獄される。メアリーはさらに、リチャード・レヴィソン卿（Sir Richard Leveson）の愛人となり、二人の女の子を産む。一六〇七年にはウィリアム・ポルウィール（Captain William Polwhele）と結婚する。しかし、かの女の髪はブラウンで、目は灰色であった。黒い女性のモデルがメアリーだとすると、黒い髪、黒い瞳は作者の脚色、ということになる。

ちなみに、百五十四番が偶然紛れ込んだことは、シェイクスピア研究にとっては、得がたい研究資料となっている。この最後の二つのソネットを比較検討することによって、シェイクスピアの詩の推敲のプロセスの一例が明らかになるからである。シェイクスピアの二つ折本の全集の二人の編者である作者の同僚俳優がこの全集に付した序文の中で、「かれの原稿で文字を消した箇所のある原稿を受け取ったことなどほとんどありません。」と書いたのに対して、ベン・ジョンソン（Ben Jonson, 1573-1637）は、「一千行も消していてくれたらよかったのに」と答えたという。しかし、実際には驚くほどの、原形を留めないほどの書き直しや推敲を試みていたかもしれないという、一つの動かぬ証拠を、この二つのソネットは提供してくれているのである。

最後に、翻訳について。この翻訳を思い立ったのは、今から五年前に京都ノートルダム女子大学で、「詩の研究」という科目の担当の委嘱を受け、『シェイクスピアのソネット集』を読むために準備にとりかかり、翻訳の初稿を完成させた。そのときに定本として用いたのは、G. Blakemore Evans (ed.), *The Sonnets*（Cambridge: Cambridge University Press, 1996）であり、このエディションの詳細な注釈に助けられながら、難解な『ソネット集』を読み、翻訳を一応完成させた。その後、毎年授業で読みながら修正を重ね、その間参照したテキストと序文と注釈は出版年代順に挙げると以下のものである。

C. Knox Pooler (ed.), *The Works of Shakespeare: Sonnets* (The Arden Shakespeare. London: Methuen, 1918)

T. G. Tucker (ed.), *The Sonnets of Shakespeare* (Cambridge: At the University Press, 1924)

G. B. Harrison (ed.), *William Shakespeare: The Sonnets and A Lover's Complaint* (Harmondsworth: Penguin Books, 1938)

Hyder Edward Rollins (ed.), *The Sonnets* (A New Variorum Edition, 2 vols. Philadelphia: J. B. Lippincott Company, 1944)

Martin Seymour-Smith (ed.), *Shakespeare's Sonnets* (London: Heinemann, 1963)

W. G. Ingram and Theodore Redpath (eds.), *Shakespeare's Sonnets* (London: University of London Press, 1964)

J. Dover Wilson (ed.), *The Sonnets* (Cambridge: At the University Press, 1966)

Stephen Booth (ed.), *Shakespeare's Sonnets* (New Haven: Yale University Press, 1977)

John Kerrigan (ed.), *William Shakespeare: The Sonnets and A Lover's Complaint* (Harmondsworth: Penguin Books, 1986)

Katherine Duncan-Jones (ed.), *Shakespeare's Sonnets* (London: the Arden Shakespeare, 2003, first published 1997 by Thomas Nelson and Sons)

Stephen Orgel (ed.), *William Shakespeare: The Sonnets* (Harmondsworth: Penguin Books, 2001)

Colin Burrow (ed.), *William Shakespeare: The Complete Sonnets and Poems* (Oxford: Oxford University Press, 2002)

さらに、日本でこれまでに出版されたエディションとしては以下のものがある。

岡倉由三郎、*Venus and Adonis, The Rape of Lucrece and Sonnets* by William Shakespeare（東京、研究社、一九二八年）

川西進、*Shakespeare's Sonnets*（東京、鶴見書店、一九七一）

嶺卓二、*Sonnets* by William Shakespeare（東京、研究社、一九七四）

また、これまでに参照し、訳者が多大な恩恵を受けた『ソネット集』の翻訳（全訳）は以下の六点である。

坪内逍遥訳『詩篇　其二　ソネット集』（東京、中央公論社、一九三四）

西脇順三郎訳「ソネット詩集」（『シェイクスピア全集』第八巻）（東京、筑摩書房、一九六七）

田村一郎、坂本公延、六反田収、田淵實貴男共著『シェイクスピアのソネット―愛の虚構―』（東京、文理、一九七五）

中西信太郎訳『シェイクスピア・ソネット集』（東京、英宝社、一九七六）

高松雄一訳『ソネット集』（東京、岩波書店、一九八六）

小田島雄志訳　山本容子画『シェイクスピアのソネット』（東京、文藝春秋、一九九四）

なお部分訳には以下の三点がある。

吉田健一訳『シェイクスピア詩集』（東京、垂水書房、一九六一）（四三篇）
関口篤訳『シェイクスピア詩集』（東京、思潮社、一九九二）（六二篇）
柴田稔彦編『対訳シェイクスピア詩集』（東京、岩波書店、二〇〇四）（六五篇）

このうち、坪内訳は文語調の古めかしい翻訳ではあるが、今なお名訳の誉れが高い。中西訳は優れた翻訳である。小田島訳は美青年に作者が直接呼びかけ語りかけるソネットを一貫して「です・ます」体で翻訳して、新しさを打ち出そうとしている。田村他訳は四人の共訳であるだけに正確で堅実な翻訳である。高松訳は芝居の台詞のような文体の個性的な、信頼のおける翻訳である。詳細な訳注もあり、私にとってももっとも教えられるところの多い翻訳であった。

ここで、『ソネット集』の中でももっとも有名なものの一つであるソネット七十三番の冒頭の四行の翻訳を引用する。読者はその違いを味わってほしい。

君はわれに於て歳晩の景を見出でたまはむ、
寒風に揺らぐ木々の枝々には、

黄ばめる葉僅かに垂れ残り、又は散り盡し、
愛しき鳥共の歌ひにし唱歌席も壊れ果てぬるを。（坪内訳）

ああした季節を君は私の中に見るだろう－
昔美しい小鳥のように歌った少年聖歌隊の
今は廃墟になった冷たい空しい席を背景にして
ふるえる小枝の上に黄色い葉があるか無しか残っている。（西脇訳）

一年のあの季節を君は私に見るだろう、
先頃は小鳥の美しく囀る聖歌隊席であった木の枝が
今は吹きさらしの荒れはてた姿で寒さにうち震え、
黄ばんだ葉があるかなきかに下がっているあの季節を。（田村他訳）

君が見る私は　めぐる一年のあの季節のすがたか
黄ばんだ葉が　二つ三つ散りのこって
枝にかかり　木枯らしの空にふるえている－

かつては小鳥の聖歌隊席　いまは花も葉もない廃墟（中西訳）

きみが私のなかに見るものは一年のあの季節、
寒気におののく木の枝から黄いろい葉が落ちつくし、
残っても二、三枚、先ごろまでは鳥たちが美しくうたい、
いまは、裸の、朽ちた聖歌隊席となりはてたあの季節。（高松訳）

あなたが私に見るのは、一年のうちのあの季節、
寒風にふるえる枝には黄ばんだ木の葉がわずかに
残るか、残らぬか、つい先日まで小鳥たちの
聖歌隊席であったのにいまは廃墟となる晩秋です。（小田島訳）

君がぼくの中に見るのは、あの季節、
寒風にうちふるえる木の枝にあるかなきかの
黄ばんだ枯葉がしがみつき、すこし前まで
かわいい小鳥が歌っていた聖歌隊席も裸の廃墟と成り果てた

あの季節。（柴田訳）

私のうちにあなたがみるかもしれぬあの季節
黄ばんだ葉が散って、ほんのわずかだけ
冷たい風に震える枝に残っている、ついこの間
美しい鳥たちが歌っていた、廃墟と化した聖歌隊席。（吉田秀生拙訳）

この七十三番のソネットは、作者の年代を晩秋、黄昏どき、残り火に譬え、かれがすでに晩年にあり、そんな姿を目にすると、青年の愛はますます深くなると、哀愁をこめて抒情的に歌ったものである。特に有名なのが、「廃墟と化した聖歌隊席」という句である。教会の聖歌隊席で歌う少年たちの無垢な歌声と美しい鳥たちの歌声が重なり、葉がほとんど落ちた木の枝と朽ち果てた教会の聖歌隊席が重なっている。しかし、この句をとりわけ有名にしているのは、作者がイギリスの歴史の一こまをそこに表現したからである。この教会とは、宗教改革で荒れ放題になったカトリックの修道院を暗にほのめかしている。このような内容を、できるだけ説明的にならずに日本語に移し変えて、原詩にあるそこはかとない余韻をいかに表現するか、翻訳の困難と醍醐味はどうやらその辺りにありそうである。ちなみに、坪内訳にはすべての漢字

にひらがなのルビが振ってあるが、引用では省略した。また、吉田健一と関口の抄訳にはこのソネットは選ばれていない。

私の翻訳では、まず訳注をつけなくても、日本語訳を読むだけで詩の内容が理解できることを目指した。ドーバー・ウィルソンがそのエディションの序文の冒頭で、『ソネット集』を、やや褒めすぎだとは思うが、「世界でもっとも優れた恋愛詩」と称するほどにこの詩集はすばらしい詩であるので、もちろん、すべてが傑作であるわけではないが、翻訳では、日本語の詩たらんことを目指した。むろん、その成否は読者の判断に委ねる以外ない。

作者は、ソネットの一番から百二十六番までの美青年を主題とするシリーズで、すでに述べたように、青年に対して親しみをこめた thou と改まった you を使い分けている。リズムの関係以外、特に原則はないように思われるが、この翻訳では、thou を「あなた」you を「君」と訳し分けている。百二十七番以降の「黒い女性」シリーズでは女性に対して一貫して thou が使われている。作者と女性の関係を考慮して、そこでは「おまえ」という訳語をあてている。

『シェイクスピアのソネット集』の翻訳に取り組むことは、実際にやってみると大変な難行苦行であった。読み直して推敲するのも、一日に四、五篇が限度であり、思いのほか多くの時間を要する仕事であった。これをこのまま続けていると、終わりのない旅になりそうな気がして、ここらあたりで、一度翻訳を確定させることにした。これからも読み返しながらまた修正したくなれば、そのときには改訂訳を期したいと思う。

なお、この翻訳の出版に際しては、南雲堂の方々、とくに原信雄氏に色々お世話になった。この場を借りて謝意を表したい。

最後に、この翻訳は、立命館大学経営学会研究叢書出版助成を得て出版されたものである。

二〇〇七年七月

吉田秀生

訳者について

吉田秀生（よしだ　ひでお）

富山県生まれ。一九七六年同志社大学大学院文学研究科修士課程修了。金沢経済大学助手・講師を経て、現在、立命館大学教授。英米演劇、特に、シェイクスピアの劇と詩を研究。一九八八年後期、一九九五年後期、ケンブリッジ大学客員研究員。共著に、『ことばの鏡―木村俊夫先生古希記念論集―』（英宝社、一九八八年）、共編著に、『人間と文学―イギリスの場合』（昭和堂、一九九四年）、『筆記用具のイギリス文学』（晃洋書房、一九九九年）がある。

シェイクスピアのソネット集

二〇〇八年二月二十五日　第一刷発行

訳　者　吉田秀生
発行者　南雲一範
装幀者　岡孝治
発行所　株式会社南雲堂
東京都新宿区山吹町三六一　郵便番号一六二―〇八〇一
電話　東京（〇三）三二六八―二三八四
振替口座　東京〇〇一六〇―〇―四六八六三
ファクシミリ　（〇三）三二六〇―五四二五
印刷所　壮光舎印刷株式会社
製本所　長山製本

ISBN978-4-523-29305-7　C 3098